2033 L'INIZIO

Nella precedente storia "2023 LA FINE" Roman e Isabel, Omar ed Emma, Padre Amos e il

dottor Brian erano alla guida di una comunità di umani sopravvissuta alla terza guerra

mondiale scoppiata fra stati uniti e Corea del Nord il 4 luglio 2023, li abbiamo lasciati

mentre entravano nella nave stellare degli Antichi abbandonando la terra al suo destino

nefasto con un grande rimpianto nel cuore.

Gli Antichi, custodi degli universi conosciuti erano esseri immortali, difensori della vita e

del bene supremo, la loro nave era mastodontica, la loro parola era legge e non era

discutibile.

Gli umani forse non avrebbero più rivisto la loro terra, dopo la grande guerra lo sconvolgimento

globale che ne era seguito aveva riportato il mondo ad uno stato primitivo, morte e

disperazione erano ovunque, la radioattività insieme alla fame e alla povertà aveva

sterminato miliardi di persone, la terra sapeva di sangue, la terra era malata di cancro.

La comunità di Padre Amos, protetta dagli Antichi per preservarne la razza fu tratta in

salvo in extremis e il merito fu di un'unica persona, Leonard Prince, esploratore pilota e

primo ambasciatore supremo delle forze cosmiche che negli ultimi tempi era vissuto con la comunità

di Padre Amos sotto mentite spoglie, per studiare e comprendere gli esseri umani, per

decidere se quella razza avesse meritato o meno di essere salvata.

La loro storia riparte da qui, al loro risveglio niente sarà più come prima quindi che aspettate

miei cari lettori, non siete curiosi?

Bene, allora andiamo, la comunità si sta svegliando, aprite gli occhi e immergetevi nella
storia…

Per contatti: Davide Trovò in arte David Ovort
Mail: davide.trovo63@gmail.

2033 L'INIZIO

(Anno domini 2033, la nave)

L'immensa nave degli Antichi era ferma nello spazio appena fuori dall'atmosfera
della terra, prima di affrontare il viaggio gli umani avrebbero dovuto essere chiusi in

particolari capsule pressurizzate e sterilizzate altrimenti non sarebbero sopravissuti,

dovevano essere curati e purificati dai germi e dalle scorie del loro mondo.

La loro meta era la colonia X6 "sesta colonia" del sistema solare di Gideon chiamata

Xedoria dove vivevano esseri molto simili a loro e come loro tratti in salvo dagli

Antichi per lo stesso motivo, forse umani e leonidi avrebbero potuto convivere e forse

avrebbero cominciato a sviluppare la vera inteligenza, quella che gli umani avevano

relegato alle loro machine infernali.

Come sempre gli antichi cercavano di preservare qualsiasi forma di vita e questo per

loro era solo l'ennesimo esperimento di inserimento, ammiravano i sentimenti umani

ma sapevano che anche il troppo amore era pericoloso e poteva creare grossi danni, le

sensazioni umane li stupivano e li affascinavano, la capacità di sognare, di amare, di

immaginare erano in contrasto con la loro cattiveria e con la loro ceca stupidità.

I Leonidi al contrario erano pacifici ma freddi e decisi nel loro operato, sembrava che

non avessero particolari sentimenti ne emozioni, facevano quello che andava fatto e

basta, dal loro insieme forse ne sarebbe venuto fuori qualcosa di unico.

Le particolari capsule che li contenevano avrebbero guarito i malati e li avrebbero nutriti

per tutto il viaggio, non si sarebbero accorti di niente e al loro risveglio sarebbero stati

accompagnati nel loro nuovo mondo.

(Xedoria, pianeta X6)

"Svegliati dormiglione, è ora di alzarsi!"

Roman aprì gli occhi e fece molta fatica a ricordare, le sembrava di aver dormito
millenni…

"Cosa è successo?" Domandò…

"Siete arrivati a casa" Rispose Leonard

Roman mise a fuoco l'immagine familiare di quel vecchio furbacchione di Leonard e le
disse: "Ciao amico mio"

"Come ti senti?"

"Come se mi fosse passato sopra un carro armato, dove siamo?"

"Molto lontani dalla terra temo ma ti piacerà questo mondo, c'è molto da esplorare e
non vedo l'ora di cavalcarti di nuovo"

"Vedo che non hai perso l'umorismo vecchio mio, avanti, dammi una mano"

Quando finalmente fu in piedi Roman si guardò intorno e quello che vide lo lasciò senza
fiato.

Si trovavano in un locale enorme che si stendeva a perdita d'occhio illuminato da una
strana luce bianco azzurra che proveniva dalle pareti attraversate da forme geometriche
particolari molto simili ai disegni nel grano ritrovati sulla terra e raffiguranti segni privi
di comprensione umana, la grande sala era piena di quelle che a prima vista a Roman
sembrarono bare di cristallo, davanti a lui tutta la comunità si stava svegliando in uno
stato confusionale, molti fratelli di Leonard stavano aiutando le persone a rialzarsi da
quelle teche a forma di goccia e fra gli altri vide le quattordici persone che si erano
imbarcate in condizioni disperate, si guardavano il corpo stupiti, si toccavano increduli
di non avere più piaghe e bubboni marcescenti che scoppiavano infetti, erano in piedi,
stavano bene, erano completamente ristabiliti, la gioia nei loro occhi era

incontenibile, qualcuno cominciò a gridare al miracolo ma non era un miracolo, era un

 dono di quegli strani esseri che si facevano chiamare "Gli Antichi"

 Roman si girò verso Leonard e lo ringraziò poi andò dalla sua famiglia e li abbracciò

 tutti, Gloria si guardava intorno a bocca aperta quando una voce familiare disse

 "Occhio Ranocchia che rischi di far da garage ad un calabrone"

"Zio Omar, Zia Emma, orso Yoghi…" Gloria le corse incontro per abbracciarli, era un

 bel momento, erano stupiti, spaesati ma felici di essere vivi, videro padre Amos insieme a

Brian venirle incontro e ci furono altri abbracci e pacche sulle spalle, lo staff medico era

 occupatissimo ad osservare quelle miracolose teche a goccia che avevano visto solo nei

 film fantascentifici da cui erano resuscitati alla vita.

 Quando alla fine furono tutti svegli Amos il saggio riprese il controllo del suo popolo

 e nella sala delle capsule criogene scese il silenzio…

 "Amici, sono felice oggi, la vostra fede non è stata tradita e nemmeno la mia, come

 vedete siamo ancora vivi e questo riempie il mio cuore di coraggio e di voglia di

 vivere, cerchiamo di meritarci le cose che ci danno, hanno guarito i nostri malati, ci

 hanno salvato e nutrito e ora ci daranno un nuovo mondo, cerchiamo di esserne

degni questa volta, dimostrategli che siamo uomini di Dio e ringrazziateli con tutta la

 gentilezza di cui siete capaci, gli Antichi sono vita, speranza e dedizione animano il

 loro eterno lavoro, quindi assoluto rispetto, fate quello che vi chiedono in assoluta

 fiducia, Amen"

 "Amen" Rispose in coro la comunità.

"Fratelli" Disse Leonard, ora alla vostra destra si aprirà un pannello da cui potrete

 ammirare il vostro nuovo mondo, siatene degni"

Tutta la comunità volse lo sguardo dove gli era stato indicato e una intera parete di

quella grandissima sala si aprì, lo spettacolo tolse il fiato a tutti.

Davanti a loro un pianeta simile alla terra splendeva baciato dalla luce di due piccoli

soli e da una miriade di stelle viola mentre lontano e immenso un altro pianeta simile

alla luna troneggiava scuro e silenzioso.

Un anello rosso verde circondava quel piccolo pianeta splendente e ne rimasero

estasiati, tanto che per un attimo si dimenticarono il cordoglio per la loro cara amata

terra che avevano lasciato a morire.

"Beh? Che ne dite, non è uno spettacolo?" Disse Leonard
"Hai ragione amico mio" Disse Omar

Leonard allora si girò rivolgendosi a tutta la comunità: "Quello che vedete è il pianeta

Xedoria della costellazione di Gideon, abitato attualmente dal popolo leonida, un

popolo tratto in salvo come voi molti anni fa dagli Antichi, coabiterete con loro e dovrete

convivere e prosperare.

I Leonidi sono molto simili a voi ma quello che hanno subito li ha resi empatici,

senza sentimenti, senza emozioni, io credo che questa empatia se la siano autoimposta

per sopravvivere nel loro mondo perduto al tempo in cui erano solo schiavi in mano

alle Orde nere di Ussum ma vi assicuro che non sono ostili, freddi forse, distaccati,

hanno leggi rigide che sanno fare rispettare ma non sono felici, come voi hanno il cuore

oscurato dalla perdita del loro mondo originale e ora è come se si fossero chiusi in un guscio,

forse la vostra vitalità gli fara bene, il consiglio incontrerà quello leonida oggi

stesso, scenderò come ambasciatore a trattare il vostro approdo, ci saranno regole da seguire e patti da rispettare, spero che riuscirete ad integrarvi, ora vi lascio e vado a

prepararmi, Amos Omar Roman Emma Isabel e Brian formeranno il consiglio dei sei,

saranno loro a governare al momento e a decidere per la comunità come è stato fino ad

ora, se uno di loro abdicherà il suo ruolo passerà a chi sarà eletto a maggioranza per

merito e competenza, le elezioni per il successore di uno dei sei saranno aperte ad

ognuno di voi che si senta di assumersi questa grande responsabilità, con onestà di

intenti e capacità di attuazione e di reazione perché gli imprevvisti sono sempre dietro

l'angolo e un capo saggio lo sa e li mette in conto, che possiate incontrare la pace nel

vostro nuovo mondo, questo è quanto è stato deciso nell'ultima riunione che abbiamo

tenuto prima di partire, se qualcuno di voi ha obbiezioni da fare fatevi avanti adesso,

ognuno di voi e importante, ognuno di voi e decisivo, comunità vuol dire famiglia e

una grande famiglia unita può fare grandi cose e avere grandi idee…"

Leonard aspettò un attimo ma nessuno della comunità ebbe obbiezioni da fare…

Amos il saggio allora prese di nuovo la parola: "Fratelli, supereremo anche questa

prova, con la nostra fede, con il nostro coraggio e perché no anche con la nostra

allegria, andate in pace ora"

La comunità fu condotta in una immensa sala d'aspetto piena di piante di tutti i generi

che riempì tutti di meraviglia, una sala mastodontica che si estendeva ad occhio e croce

per una decina di miglia…

"In questa sala ci sono campioni di piante provenienti da tutti i mondi che gli antichi

hanno visitato e sono state raccolte per preservarne l'esistenza, quelle per esempio sono
piante carnivore del grande pianeta Orion, imploso secoli fa..." Disse Leonard
indicando alla comunità delle piante mostruose e variopinte, John le si avvicinò e
Leonard non fece in tempo ad avvertirlo di non avvicinarsi troppo, John era ad un
metro da lei quando la pianta aprì una bocca mostruosa e si sporse veloce tentando di
morderlo e se il vetro non fosse stato così spesso forse ci sarebbe riuscita, John per lo
spavento e la sorpresa inciampò nei suoi stessi piedi camminando all'indietro e finì con
il culo per terra mordendosi la lingua, Gloria lo torturò per un mese intero
approfittando del fatto che John non potesse rispondergli, la lingua gonfia gli impediva
di parlare correttamente e gli faceva un male cane.

"In pratica questa nave è un arca dello spazio" Spiegò Leonard "Una enorme arca che
contiene tutta la storia dell'universo, gli Antichi sono i custodi di ogni forma di vita,
possiedono un'inteligenza universale e sono i guardiani della pace cosmica, le
meraviglie che forse avrete modo di vedere e di comprendere quando sarete pronti
cambieranno la vostra prospettiva mentale, ora procediamo verso i vostri alloggi
momentanei che grazie alla realtà virtuale di quarta generazione abbiamo preparato per
il vostro breve soggiorno su questa nave, gli Antichi vogliono farvi sentire come a casa,
fidatevi di loro."

(L'incontro dei due mondi)

Dopo avere sistemato la comunità Leonard condusse i sei del consiglio all'hangar dove la sua nave era ancorata, l'hangar impressionò notevolmente Omar e Roman per

le miriadi di navi contenute in quella sala mostruosa, alcune più grandi e alcune più

piccole, la nave di Leonard era una grande nave da caccia collegata ad una nave

madre che conteneva trecento teche simili a quelle in cui la comunità era stata collocata per

affrontare il lungo viaggio che li aveva portati su quel pianeta, armata di tutto punto con

una tecnologia a loro sconosciuta e questo strideva con l'idea di pace degli Antichi,

almeno per quel che pensava Omar, Roman invece non era per niente stupito di quel

armamento incomprensibile, aveva visto in sogno le navi nere, orribili mostri

animavano quegli equipaggi, quelle della nave erano armi di difesa ma anche di offesa

all'occorrenza ed evidentemente erano neccessarie anche nello spazio, il bene e il male

erano due forze cosmiche in lotta da sempre, semmai lo stupiva quell'essere

imprevedibile che ora pilotava con destrezza quell'enorme veicolo con la sola forza

della mente attraverso una particolare tuta che gli si era praticamente arrampicata

addosso fino a ricoprirlo interamente, completa di casco.

Nel momento in cui Leonard si sedette al posto di comando fu come se la nave

fosse un estensione del suo cervello, Roman voleva bene a Leonard come un padre e

continuava a sorprenderlo.

Si alzarono in silenzio, uscirono nel profondo dello spazio e dopo qualche minuto a

folle velocità attraversarono il primo anello rosso verde che circondava il pianeta

restando in mezzo ai due piccoli soli che illuminavano quel piccolo mondo, attraversarono gli altri due anelli, la sua atmosfera, attraversarono le nuvole dense di

pioggia sbucando poi sopra montagne innevate e grandi laghi azzurri e dorati, era un

pianetà dominato dall'acqua, lo spettacolo lasciò il consiglio dei sei senza fiato, la

bellezza di quel posto era paradisiaco, come lo doveva essere la terra nel periodo

giurassico.

In lontananza, sulle montagne apparve una città grandissima, spettacolare,

completamente bianca, triangolare; molto simile a quella che Roman aveva visto nella

visione del proprio mondo distrutto che l'amico gli aveva trasmesso.

"Ei eroe di ferro, che ne dici? Quella che vedi è la Città Eterna chiamata così perchè è

completamente autonoma, l'unica città di questo mondo mentre quello che vedi davanti

a noi è il palazzo del loro consiglio ed è lì che siamo diretti"

"E'incredibile" Disse Isabel

"Fantastica" Disse Emma

La torre del consiglio degli anziani di Xedoria svettava altissima davanti a loro,

anch'essa a forma triangolare, come una punta di lancia…

"Non ci hai spiegato ancora cosa dobbiamo aspettarci da loro, sono simili a noi?" Gli

chiese Omar anche lui meravigliato e completamente impreparato ad un incontro con

degli altri esseri alieni anche se pur simili a loro, la vita esisteva lassù, anche Brian era

estasiato, la città era immensa e si stendeva sotto i suoi piedi, bianchi palazzi

triangolari, torri altissime e veicoli volanti fuori da ogni immaginazione che viaggiavano

silenziosi dentro a tubi trasparenti, lo staff medico sarebbe impazzito quando le avrebbe

raccontato ciò che aveva visto.

"Sono molto simili a voi ma hanno una cosa in più"

"Che cosa hanno in più?" Disse Brian

"La coda e un istinto più sviluppato del vostro, sono pescatori e cacciatori, sono tipi
 seri e autoritari che non ridono mai ma hanno un profondo rispetto dell'ordine degli
 Antichi, la vostra venuta li ha colti impreparati ma non vi daranno problemi…"
 Atterrarono in una gigantesca piazza triangolare dominata da quella altissima torre
 bianca che si perdeva nel cielo azzurro.
 Scesero dalla nave mentre intorno a loro tutta la popolazione della Città Magica li
 osservava cupamente, erano simili a loro ma più animaleschi, i loro lineamenti erano
 leoneschi e i loro capelli erano criniere, indossavano vesti colorate in base al rango
 probabilmente, i loro occhi erano occhi felini così come i loro denti e la coda che si
 muoveva pigra rasentando il terreno, per il resto erano umanoidi.
 Il gran consiglio degli anziani li aspettava sotto una grandissima porta triangolare, la
 triangolatura sembrava fosse una mania di chi aveva costruito quella strana città piena
 di fontane, palazzi e giardini, la città stessa era triangolare nella sua mappatura
 vista dall'alto, racchiusa in alte e spesse mura protettive, Roman si chiese il perché di
 quei muri altissimi…
 Il consiglio dei sei capitanati da Leonard giunsero di fronte al gran consiglio degli
 anziani di Xedoria e si inchinarono davanti a loro in segno di rispetto così come le
 aveva raccomandato Leonard e fù lui a prendere la parola per primo: "Pace a voi fratelli
 del gran consiglio di Xedoria, questo è un importante incontro, l'incontro di due mondi,
 oggi insieme scriveremo un accordo di pace e prosperità fra le vostre due razze, così
 vogliono gli Antichi"

"Pace e pieno rispetto agli Antichi e pace anche a voi, che sia come deve essere, nel
pieno rispetto delle nostre e delle vostre leggi, nel pieno rispetto delle loro"
"Io sono Leonard di Gaan, pilota esploratore e ambasciatore del sacro consiglio degli
Antichi"
Lo disse con una mano sinistra chiusa a pugno dietro la schiena e la destra sul cuore
esibendosi in un inchino appena accennato…
I sei lo guardarono stupiti, la sua portanza e la sua autorevolezza li lasciò a bocca aperta,
Leonard continuava a stupirli, Roman sorrise ricordandolo appeso con i pantaloni
abbassati e i boxer a pallini rossi, aggrappato al carrapace dello scarafaggio gigante che si era
arrampicato nel soffitto, ah come starnazzava…
"Pace a te Leonard di Gaan, io sono Sion, primo ministro, al mio fianco ci sono
Maurg e Groar, i miei amici e consiglieri, chi parlerà come responsabile della
comunità umana?"
Leonard fece segno a Omar di venire avanti, Omar si mosse titubante chiedendosi
come si sarebbero capiti e si pose davanti all'anziano in attesa, era la prima volta che le
capitava di guardare negli occhi un leone così da vicino, i suoi occhi erano ipnotici e indagatori.
L'anziano primo consigliere di Xedoria era alto quanto lui ed era altrettanto grosso, a
tutti gli effetti un vecchio leone con tanto di coda ma tutto il resto era prettamente
umano, era vestito con una tunica rossa e un gran mantello con il collo alto…
"Pace Omar della terra" Disse in lingua americana lasciando sbigottito e in difficoltà
il grande Omar
"Sai la mia lingua?"

"Uso un traduttore simultaneo mentale che l'ambasciatore degli Antichi qui presente
ci ha donato per questo importante incontro, uno strumento che ci permetterà di
comunicare in tempo reale e di comprendererci per il momento" Sion gliela indicò: Sul
Torace un diadema a forma di leone richiudeva il mantello e negli occhi di quel leone
brillava una luce verde.
Omar guardò Leonard e lui le fece l'occhiolino…
"Ma veniamo al punto, tu avrai la responsabilità del tuo popolo sulle spalle, tu sarai il
primo a risponderne se qualcuno del tuo popolo tradirà la nostra fiducia ma
discuteremo di questo e altro al tavolo delle decisioni e dei trattati, ora accomodatevi
nel salone del consiglio e non badate alla nostra serietà, riconosciamo i nostri difetti,
non siamo inclini all'allegria e siamo piuttosto irascibili e territoriali e ora seguiteci."
Così dicendo si voltò ed entrò nel palazzo a passo spedito e sinuoso con una grazia da re
seguito dal suo mantello e dai suoi consiglieri.
Le maestose guardie imperiali erano vestite di tutto punto da uniformi rosse con
ricami in oro zecchino e armate di strani lunghi archi da caccia, sulle spalle accanto alla
faretra per le frecce spiccavano delle lunghe spade con il manico finemente lavorato,
furono loro a condurli attraverso corridoi altissimi fin sull'uscio della sala imperiale e
dopo averli fatti entrare si disposero di guardia alla porta.
Roman, Isabel, Omar, Emma, Brian e Padre Amos non facevano che guardarsi intorno
meravigliati, come turisti dentro un museo, il soffitto altissimo di quel salone costituito
da milioni di triangoli intersecati l'uno sull'altro rimandava riflessi dorati che si

specchiavano nel pavimento lucido imprezziosito da un marmo rosa finissimo e

levigato, si sedettero ad un grande tavolo rotondo e antico posto su di una piattaforma

circolare sostenuto da una base triangolare intarsiata di disegni cosmici scolpiti nel

legno, le sedie anch'esse lavorate avevano schienali altissimi anch'essi triangolari

foderati di pelle nera, non c'era altro in quella sala maestosa.

Due razze, due mondi, due realtà diverse da amalgamare, non sarebbe stato facile ma

forse nemmeno impossibile.

Parlarono tutta il giorno scambiandosi informazioni reciproche e fu una giorno

particolare per tutti, alla fine le richieste del gran consiglio leonida erano semplici

richieste di rispetto reciproco, le loro leggi erano giuste anche se troppo drastiche, fu

deciso al momento di non mischiare le due cose per le troppe differenze che avevano

riscontrato parlandone, per il momento gli umani sarebbero stati sistemati

all'avamposto delle guardie, appena fuori dalle mura esterne della città almeno fino a

quando non si sarebbe stabilito un solido legame fra le due razze e questo confinamento

anche se breve ricordò a Omar le riserve indiane, parte di una storia di un mondo che

non esisteva più ma accettarono lo stesso di essere confinati al di fuori di quella città

talmente fuori dal normale da far girare la testa, una città silenziosa con veicoli spettrali

e cristallini che sembravano volare nelle mille arterie di quelle che dovevano essere

strade, strade nel cielo, solcate da misteriose macchine volanti, una città bianca e

silenziosa immersa nel verde nelle sue varie tonalità.

L'avamposto dove sorgeva il villaggio delle guardie era una vasta radura collegata alla

città da un ponte di vetro, oltre la radura un altro ponte di legno portava al sentiero delle
montagne a nord della città stessa.

Quando i primi chiarimenti furono stabiliti gli anziani e i sei del consiglio uscirono
dal palazzo imperiale e attraversarono la grande piazza sotto lo sguardo attento di tutta
la popolazione e delle guardie imperiali che non mollavano un attimo lo sguardo su di
loro, un nastro mobile argenteo e spazioso li portò ad una piattaforma di grandi
dimensioni.

Si fermarono e attesero, qualche secondo dopo una nave da trasporto arrivò
silenziosamente e si accostò alla pensilina, le porte si aprirono e una voce le diede il
buongiorno in una lingua sconosciuta, la navetta aveva comodi sedili ed era vuota,
nessuno pilotava quel mezzo, una fascia di sicurezza scese automaticamente e
lentamente e assicurò i passeggeri al sedile, la voce disse di nuovo qualcosa di
incomprensibile, probabilmente "Buon viaggio" e poi partì veloce.

L'accellerazione improvvisa li trovò impreparati, furono schiacciati al sedile ma poi
la navetta si assestò ad una velocità di crociera e loro si rilassarono, la città scorreva
immensa sotto di loro.

Pochissimo tempo dopo arrivarono ad una grande porta triangolare che portava fuori
dalla città, l'unica porta da cui si poteva passare per accedervi, era alta una sessantina
di metri e sembrava pesante come un macigno.

La navetta accostò ad un'altra piattaforma sospesa e da lì scesero alla porta della città.

l'anziano del consiglio alzò il suo bastone che si illuminò di una luce vermiglia e il
pesante portone si aprì con uno sbuffo, come se fosse a tenuta stagna.

Davanti a loro una terrazza panoramica era affacciata su di uno strapiombo e in fondo
un fiume cosparso di rapide e di insidie scorreva azzurro e impettuoso verso il mare, un
ponte di vetro lungo trecento piedi e quasi invisibile collegava la terrazza alla radura e
quasi al centro di quella vasta radura che avevano di fronte l'acqua azzurra di un lago
cristallino rifletteva l'immagine del villaggio estivo delle guardie imperiali posto nella
sua riva, dalla parte opposta del lago tre cascate si buttavano nel fiume sottostante là
dove un lungo ponte di legno portava alla porta verso le montagne.
Era un posto molto bello, immerso nel verde e sembrava un sogno, lì la razza umana
avrebbe ricominciato da capo, per ora doveva bastare.
"Attraversare questo ponte era anticamente una prova di fiducia per tutti noi, metteva
alla prova il nostro coraggio ma ora non avventuratevi ad attraversarlo, nel tempo
passato ci sono stati dei cedimenti e non è più sicuro.
La radura invece lo è ma non avventuratevi mai al di fuori dei suoi confini se non
autorizzati, è molto pericoloso avventurarsi oltre le montagne, la porta verso il
passaggio alla terra di mezzo viene chiusa prima dell'arrivo del grande inverno.
Non preoccupatevi comunque, niente turberà la vostra permanenza in questa terra"
"La mia gente te ne sarà grata" Disse Padre Amos
"Posso confessarvi una cosa Amos della terra?"
"Certo" Rispose Amos
"Io non ero molto d'accordo con la vostra venuta ma confesso che siete meglio di ciò
che mi aspettavo quando gli Antichi ci hanno comunicato che avremmo dovuto
convivere con una razza inferiore anche se con grandi possibilità di crescita…

Padre Amos si risentì di questa affermazione ma ingoiò il rospo da buon cristiano…

"Non vi deluderemo" Disse

L'anziano lo guardò ma rimase impassibile…

"Un giorno alla volta" Penso Amos "Un giorno alla volta."

(La comunità, Xedoria)

Dopo il meravigliso regalo di quella radura di montagna la comunità diede cuore e

anima per rendere vivibili per la notte quelle strane capanne triangolari che in origine

erano state usate come avamposto militare per la guardia reale di Xedoria.

Si diedero da fare subito per adattarle alle esigenze umane, a quanto pareva i Leonidi

non usavano letti per dormire ma mucchi di strana paglia azzurrina, l'unica cosa

presente in quelle capanne di legno.

Perlustrarono la radura e si aprirono sentieri nei boschi, così facendo scoprirono una

grotta molto grande e ampia, sarebbe stata perfetta per immagazzinare le loro scorte e i

loro prodotti.

A nord della radura un enorme porta era aperta sul sentiero delle montagne presidiata

dalle guardie imperiali leonide.

L'importante ora era ricominciare dalle cose più semplici, l'aria era limpida e

frizzante, c'erano fiori sconosciuti e strani alberi contorti altissimi e rigogliosi

dappertutto ma c'erano anche cose che non avevano mai visto, strani animali e strani

insetti che loro si guardavano bene dal disturbare, lo staff medico era al settimo cielo,

tutti stavano ottimamente e loro si potevano dedicare a tutte le loro ricerche con

tranquillità, catalogando resti di insetti, di piccoli uccelli e animali che trovavano morti nel perimetro di quella radura, studiando i vari campioni vegetali cercando di

catalogarli, studiandone le proprietà, rispettando il divieto di avventurasi al di là del

sentiero verso le montagne, quella grande porta anche se aperta era un confine da non

oltrepassare, le guardie imperiali non lo avrebbero permesso per ordine di Sion.

Erano liberi di ricostruire un loro abitat ma per il momento dovevano restare confinati

nella radura, gli era stato vietato l'attraversamento del ponte di vetro così come gli era

stato negato l'accesso alla città e gli era stato chiesto di non avventurarsi nel lago

almeno finchè il consiglio degli anziani non avesse dato loro il permesso per via delle

correnti.

Molti Leonidi si riunivano nella vasta terrazza sullo strapiombo da dove partiva quel

lungo ponte di vetro chiamato il "Ponte della verità" e a molti della comunità non

piaceva questa loro insistenza, osservavano seri le loro facende, la comunità all'inizio

salutava educatamente ma poi visto che i Leonidi non facevano un cenno avevano

cominciato a sentirsi un pò in imbarazzo, come dentro la gabbia di uno zoo, una specie

di attrazione cittadina, solo che in gabbia ora c'erano loro e i leoni stavano a guardare e

non ridevano per niente.

Molti lamentarono al consiglio questa situazione ma Amos il saggio continuava a

ripetere che la pazienza è la virtù dei forti e che la situazione si sarebbe risolta con il

tempo, stavano aspettando il ritorno di Leonard, era lui il loro intermediario fra gli

Antichi e il consiglio degli anziani di Xedoria.

Il nuovo nome di quel insediamento fu deciso dai sei del consiglio, chiamarono quel posto "Radura Fenice" pensando ad una rinascita umana corretta, pensante ed

equilibrata, la terra era rossa, friabile, fertile, gli agricoltori ricominciarono a piantare le

sementi che avevano portato lì dalla terra come si faceva una volta, curiosissimi di

sapere come quella terra rossa avesse sviluppato sementi provenienti da un altro pianeta,

tutto a mano, niente macchinari, solo olio di gomito.

Fino a che non fossero stati autosufficienti il gran consiglio dei Leonidi aveva

garantito di fornire alla comunità umana del cibo che consisteva in carne e pesce, fu

difficile spiegare ai Leonidi che loro avevano bisogno di accendere dei fuochi

controllati per cuocere la carne e il pesce come loro usanza, i Leonidi avevano distorto

un pò il naso alla parola fuoco ma Omar le assicurò che avrebbe personalmente

vegliato su questa operazione.

I campi che avevano coltivato e che avevano delimitato si estendevano ad est e ad

ovest entro il perimetro della radura mentre verso nord fitti boschi costeggiavano il

sentiero dei monti oltre la grande porta e nessuno si lamentava, la comunità cantava faticando nei

campi, l'amore fioriva nei letti e i bambini così come i ragazzi erano felici in maniera incontenibile,

correvano dappertutto a caccia di piccoli insetti morti e strane foglie di varie forme e colori da portare

allo staff medico molto interessato a catalogare le varie specie di fauna e flora di quella terra, tutti

avevano ritrovato la serenità e vivevano quella storia come un avventura vera e propria, quell'aria

pulita, frizzante era un dono di Dio, nessuno stava male, nessuno si comportava male, nessuno si

ammalava e nessuno disturbava l'abitat di quella radura incantata, nessuno infastidiva gli strani

animali che riuscivano ad intravvedere e che scappavano immediatamente alla loro
vista e tutti parlavano fantasticando delle meraviglie che quella città incredibile da cui
non proveniva nessun rumore gli avrebbe riservato
A breve il consiglio leonida avrebbe finalmente permesso alla comunità di avere un
contatto con quegli esseri misteriosi che li guardavano dalla enorme terrazza
panoramica poco sopra le cascate che si buttavano nell'abbisso sottostante dove il
grande fiume impettuoso spariva fra rocce appuntite e letali scorrendo poi sottoterra e
sbucando chissa dove.
Le notti estive a Xedoria erano brevi, con l'aiuto di una vecchia cipolla a
carica manuale Amos stimò la sua durata sulle quattro ore in tempo terrestre, per il
resto del tempo i due piccoli soli davano ventidue ore di luce ad una natura
incontaminata e selvaggia.
Ventidue ore di luce scombussolarono il sonno a gran parte della comunità all'inizio
ma col tempo cominciarono a farci l'abitudine, tanti si chiedevano se in quel
mondo esisteva la pioggia, nell'estate di Xedoria non pioveva mai e il caldo era infernale,
ma il vento continuo e costante aiutava a sopportarlo asciugando il sudore di chi lavorava nei
campi, al momento grazie all'ingegno umano avevano progettato e costruito tutta una
serie di canali per l'irigazione delle coltivazioni collegato alle cascate e una serie di
bagni e docce comuni per potere lavarsi, avevano seminato e molto presto avrebbero
raccolto i frutti del loro lavoro mentre per quanto riguardava la caccia e la pesca Omar
aveva dato ordine di non disubbidirc in alcun modo alle momentanee disposizioni degli

anziani del consiglio di Xedoria, quella trattativa di accettazione fra le loro razze

doveva essere trattata con la massima delicatezza.

"La pesca e la caccia ci deve essere permessa, non conosciamo cosa possa essere

commestibile e cosa no, aspetteremo

Leonard ci spiegherà come interagire con questo strano e bellissimo pianeta" Disse
Omar

"Così sia" Disse Amos mentre stavano guardando Roman che tirava l'aratro costruito

in legno come un super cavallo da tiro, rideva così come rideva Peter che era cresciuto

e da quando aveva aperto bocca non la aveva più chiusa e ora era una macchinetta

inarrestabile, stava prendendo in giro Roman…

"Ei Roman, stai perdendo colpi, il mio mulo a Campo Due tirava più di te"

"Non mi provocare" Disse Roman

"Guarda, il campo è grande e se andiamo avanti così mi cresce la barba prima di

questa sera"

"Vuoi che acellero?"

"Beh, magari, mi sta bollendo la testa sotto questo caldo"

"Ok" Disse Roman strizzando l'occhio a Omar e Amos e cominciò a tirare sempre

più veloce…

"Ei, Roman, piano, ora vai troppo veloceeeeee…"

Roman acellerò di colpo e Peter che era di fragile costituzione cominciò a svolazzare

aggrappato alla cinghia dell'aratro che sollevava terra rosso sangue come un incrociatore

rompighiaccio lanciato a pieni nodi, Peter gli urlava di fermarsi sputacchiando terra

rossa e Roman per tutta risposta accellerò ancora di più e Peter sparì un una nuvola di

polvere.

Amos il saggio e Omar il grande se la ridevano di gusto, in meno di due minuti

Roman aveva già arato metà campo e decise che poteva bastare, si fermò gradatamente
dando così modo a Peter di riposare i piedi a terra, era coperto di polvere rossa ma
aveva un gran sorriso, denti bianchi e perfetti, Roman era ormai diventato ufficialmente
il suo tutore, il suo capo indiscusso, il suo messia, aveva scelto lui come padre e come
un figlio sarebbe anche morto per lui.

"Allora, che ne dici? Sono ancora veloce?"
"Ei, quando lo rifacciamo?" Disse Peter

Roman gli sorrise e gli diede un buffetto sul mento, le era sempre piaciuto quel
ragazzo, era semplicemente innocente, disarmante e bello come un Dio.

"Ei Roman ci vediamo più tardi alla grotta, Leonard ha detto di aspettarlo lì" gli disse
Omar

"Passo a prendere Isabel e vi raggiungo, devo solo ripulirmi un pò"
"Ok, a dopo allora"

(Chiarimenti)

Leonard raggiunse i sei del consiglio verso sera e non era solo, al suo fianco c'era una
Leonide come aspetto ma che lui presentò come una sorella.

"Vi presento Loria di Venusia, lei risponderà alle vostre domande e alle vostre
curiosità, conosce bene questo popolo, vive fra loro da molti anni così come io sono
vissuto con voi sulla terra, sediamoci e teniamo consiglio."

"Pace a te Loria di Venusia, io sono Omar della terra e questa è Emma, la mia
compagna…"

"Pace a te Loria di Venusia, io sono Roman della terra e questa e Isabel, la mia
compagna…"

"Pace sorella, io sono Amos della terra e lui e Brian della terra."

"Pace a tutti voi, è incredibile che siate giunti fin qui, gli Antichi vi hanno fatto un

grande dono e questo vuol dire che c'è qualcosa di buono in voi, ditemi, sono qui per

rispondervi…"

"Pace Loria di Venusia, puoi raccontarci in breve la storia di questo popolo, ci

sembrano esseri tranquilli ma li vedo molto seri, non sembrano contenti di averci

qui" Disse Isabel studiando i suoi lineamenti per metà umani e per l'altra metà

leoneschi, la sua voce era calma e melodiosa, i suoi occhi ipnotizzavano mentre la sua

coda si muoveva lenta e in maniera autonoma come quella dei gatti sotto un vestito

rosso con risvolti dorati indossato alla greca, aveva una folta criniera biondo cenere che

le scendeva dalle spalle ed era affascinante nella sua diversità.

"I Leonidi erano un popolo pacifico, sono stati da sempre cacciatori e pescatori ma

pur essendo prettamente carnivori hanno sempre rispettato l'equilibrio del loro pianeta,

uccidendo solo animali vecchi o feriti e pescando solo lo stretto neccessario al loro

fabbisogno, la loro politica è il branco e la sua continuità, tutto è di tutti con la sola

eccezione del capobranco, non hanno mai ecceduto a nessun tipo di vizio o di

commercio al contrario di voi e per loro voi siete cibo."
I sei del consiglio si guardarono straniti da questa risposta.

"Oh, non preoccupatevi, nessuno di loro vi torcerà un capello per usare una

espressione umana, non sono sempre stati così musoni, la loro serietà attuale è dovuta

al totale sterminio di quello che restava del loro popolo, io ero con loro, siamo stati

attaccati di notte da belve orribili scese dalle navi nere, belve inenarrabbili e carnivore.

malgrado i Leonidi siano sempre stati dei combattenti abili e coraggiosi non sono

riusciti a fermare l'orda dei Krog, mostri mutanti sotto il potere dei traditori del gran

consiglio interstellare, alla fine i Leonidi rimasti in vita sono stati usati come schiavi,

me compresa; per l'estrazione di un materiale particolare che anche voi conoscete bene,

voi lo chiamate oro, serve ai motori di quelle navi spaventose per sviluppare la loro

potenza.

Quelli che vi guardano sospettosi sono i figli di quegli schiavi, quando gli Antichi

decisero di preservare la nostra razza per impedirne l'estinzione il nostro era ormai un

mondo morto, le navi nere erano scomparse e io insieme ai pochi Leonidi rimasti in

vita eravamo nascosti in una profonda grotta per proteggere le ultime cucciolate da quei

mostri, Sion Maurg e Groar ci hanno tenuto in vita e dato speranza, per questo il branco

li ha eletti alla loro guida.

Nel rispetto del sangue che il loro popolo aveva versato e a causa del dolore che

avevano sopportato il gran consiglio appena formato in questa nuova terra ha preso la

decisione di bandire le emozioni a tempo indefinito in segno di lutto per dare onore a

quello che avevano perso, è stato un durissimo colpo per me e per loro così territoriali."

"Pace Loria di Venusia e dimmi, quando potrà avvenire il nostro incontro, quando ci

faranno entrare in città?" Chiese Amos il saggio

"Presto, forse domani" Rispose Leonard "Ma ora sfamerò le vostre curiosità, ad

esempio cosa potete e non potete fare ma solo per la vostra sicurezza, non potete

pescare al momento ma vi sarà concesso così come non potete cacciare, quelle che

intravvedete a volte sono rarissime razze animali assolutamente innoque, sono state
salvate e sono protette, potete studiare il loro comportamento così come potete studiare
gli strani insetti che popolano la radura protetta, non sono pericolosi, non infrangete
queste regole, altre domande?"

Roman notò che Leonard in quel periodo era molto asciutto e nervoso, si teneva nelle
sue e aveva preso a parlare a tutti loro in maniera distaccata e Roman pur essendo in
contatto telepatico con lui non riusciva a decifrare i suoi pensieri, come se li avesse
schermati per non permettergli di sapere, a volte Leonard alzava un muro mentale
impenetrabile e lo faceva quando non aveva risposte a determinate questioni
importanti.

"Pace Loria di Venusia, dimmi come funziona la vostra città, abbiamo visto le torri,
abbiamo visto veicoli silenziosi, vediamo le alte mura che circondano la città, qual è la
vostra politica, la vostra economia..." Domandò Omar incuriosito dalla forma che il
discorso stava prendendo...

"I Leonidi si dividono in tre gruppi, i pescatori, i cacciatori e la guardia imperiale del
consiglio degli anziani, i primi due pensano al fabbisogno della città e gli ultimi
pensano alla sua difesa..."
"Quindi siete anche navigatori..."
"Per mare intendi? La risposta e no, i leonidi non sono per natura avvezzi all'acqua
e questo mare ci spaventa, le sue correnti sono imprevedibili e cambiano
continuamente, solo un pazzo ci si avventurerebbe"
"Pace Loria di Venusia, da chi o da che cosa vi dovete difendere?" Chiese Roman

"Vedo che vai dritto al punto, Roman della terra, Leonard mi ha parlato molto di te,
 tu sei il prescelto dagli Antichi, hai una grande dote e farai grandi cose, compierai
 grandi gesta, così è scritto, a suo tempo e modo."
 "Così dici Loria di Venusia?" Le chiese Isabel
"Così dice la profezia…" Rispose Loria guardandola seria come a dirle di non
 interferire nel disegno degli Antichi e questa era una sottointesa che Isabel avrebbe
ricordato.
 "L'unico nemico che abbiamo è l'acqua, i muri salvano la città magica nella stagione
 delle piogge che molto presto conoscerete, le piogge perdurano per molto tempo, se lo
 stimassi in modo umano direi quattro mesi terrestri, il mare ad ovest e ad est si alza e
 arriva quasi a sommergere la città"
 "Vuoi dire che questo mondo viene sommerso dalle acque per circa quattro mesi
 all'anno?" Chiese Brian
 "Si, è corretto." Rispose Leonard che conosceva la misurazione umana dello scorrere
 del tempo.
"E il mare arriva a toccare le mura?"
"Quasi a sommergerle per poi diventare un immensa distesa di ghiaccio quando la
temperatura si abbassa e i nostri soli si allontanano da noi, nel grande inverno non è
possibile stare all'aperto per le temperature proibitive" Rispose tranquillamente Loria.
"Com'è possibile che il mare possa ghiacciarsi?" Chiese Brian
 "Perché è un mare di acqua dolce, senza sale" Rispose Leonard
"Buon Dio" Disse Amos il saggio "e tutte le forme di vita che popolano questo mondo
 come si salvano?"
 "Migrano verso le montagne attraverso "Terra di mezzo" così si chiama e da lì giungono

a Nuova Terra, nella stagione delle piogge "Terra di mezzo" "La Città Eterna" e "Nuova Terra"
sono gli unici insediamenti che non vengono sommersi dalle acque."

"Quando comincerà la stagione?" Chiese Emma rimasta in silenzio fino ad allora.

"Fra poco ma ve ne accorgerete, la grande migrazione è uno degli spettacoli più belli di
 questo strano pianeta"

"Pace Loria di Venusia, come mai questa cosidetta "Nuova terra" è rimasta
 inesplorata?" disse Brian

"Per ordine degli antichi.
 "Nuova terra" è una colonia faunistica con un debole equilibrio, l'intervento di una
 inteligenza superiore rischierebbe di danneggiarlo e ci è vietato andarci a cacciare o a
 pescare, a "Nuova terra" le razze animali si riposano, si nutrono, si riproducono ed
 evolvono, è una terra rigogliosa e sacra è deve rimanere inviolata." Disse Loria

"Gli alti muri che vedete sono stati costruiti dagli antichi abitanti di questo pianeta, da
 quello che abbiamo capito erano esseri particolari, dotati di un inteligenza straordinaria e
 avvanzata, questa città è forse la più progredita che abbiate mai visto ma non aspettatevi
 di trovarci negozi o divertimenti, la Città Eterna o Città Magica come viene sopranominata
 è una città asettica, spoglia di ogni commercio, dovrete esplorarla per capire come muovervi
 al suo interno ma dovunque voi approdiate troverete solo moduli abitativi che i Leonidi
 evitano non essendo avvezzi ai macchinari di nessun tipo." Disse Leonard

"Che ne è stato degli antichi abitanti di questa terra?" Chiese Isabel
"Non lo sappiamo, quando gli Antichi ci hanno portato qui la città funzionava come fa

tutt'ora in maniera del tutto autonoma, a quanto ne so è controllata da un cervello

nascosto nelle profondità della terra, al centro della città, altamente soffisticato, ogni

costruzione è integrata di pannelli solari così come le navi che attraversano la Città

Eterna e non solo, come avrete notato qui la luce permane molto più della notte,

permettendo alla città di acumulare più energià di quello che consuma, l'energià

restante viene immagazzinata in una grande centrale megatomica sotterranea che

funziona come un grosso acumulatore di energia, nella stagione delle piogge permette

alla città di usufruire di riscaldamento e servizi senza problemi per lungo tempo.

Per muoversi basta prendere le navette che fermano alle mille piattaforme di questa

città immensa, del tutto robotizzata dove non esistono oggetti inutili.

A quanto sembra questa città e stata progettata da esseri simili a voi, abbiamo

ritrovato nel tempo delle incisioni perlustrando questa terra, vi sono molte grotte a nord

della città eterna con disegni particolari aperti ad ogni forma di pensiero, strani esseri

con teste di volatili, l'interpretazione che ne ho dedotto e che vivevano come uno

sciame, tutti servivano la regina che a quanto sembra era l'unica a potere partorire,

sicuramente erano esseri dotati di un intelligenza progredita, esseri asettici come le loro

abitazioni, esseri pacifici che badavano solo che la stirpe reale sopravivesse e

prosperasse come un gigantesco alveare e la spiegazione della loro scomparsa forse è

venuta dallo spazio perché in una di queste grotte questi strani disegni sembrano

descrivere una guerra contro strane navi venute dallo spazio, solo gli Antichi potrebbero dirvi chi erano e dove siano finiti."

"Pace Loria di venusia" Disse Emma "Tu pensi che riusciremo alla fine a collaborare
con voi?"

"Al tempo e col tempo, i leonidi si sono appena ripresi e la situazione è difficile
anche per loro, hanno fatto molta fatica ad ambientarsi in questa terra sconosciuta e
l'hanno affrontata in base al loro istinto e alla loro determinazione, voi siete
sopravvissuti grazie alla vostra fede e al vostro amore per la vita, gli Antichi vi hanno
dato un'ultima possibilità, non sprecatela.

Domani mattina il vostro consiglio potrà entrare nella Città Eterna, prendetela come
una gita turistica, avrete modo di fraternizzare con loro ma è una questione che si
risolverà gradatamente perchè pur essendo simili come razza il vostro modo di vivere è
molto diverso dal loro e non vogliamo che questo rappresenti un problema per nessuno
di voi.

Dopo avervi mostrato la città la vostra comunità sarà trasferita al sacro palazzo della
verità, si prenderanno provvedimenti in modo che le vostre razze possano convivere.

Il vostro primo consigliere dovra prepararsi a giurare fedeltà agli Antichi in modo che
i Leonidi possano valutare la vostra buona volontà come voi valuterete la loro in
seguito, dopo di che procederemo ad apporre la firma al trattato di pace che scriveremo
insieme."

"Va bene fratelli, non mettiamo troppa carne al fuoco" Disse Leonard "Tenetevi
pronti, vi verremo a prendere domani in mattinata, state in campana."

All'improvviso una voce si fece strada nella mente di Roman "Dobbiamo parlare,

raggiungimi più tardi all'ingresso del ponte" Era un messaggio mentale su un canale
riservato diretto solo a lui che solo Leonard poteva inviare."
Roman lo guardò poi accompagnò a casa Isabel, lei era stranamente silenziosa poi la
sentì introfularsi nelle pieghe della sua mente, venne avanti timida, come in punta di
piedi, lui la percepì e la lasciò entrare…
"Sei preoccupato, cosa pensi che voglia Leonard"
Lui la guardò…" Da quando mi senti?" Disse mentalmente senza aprire bocca
"Da quando Leonard mi ha abbracciato è ti chiedo scusa se sto leggendo i tuoi
pensieri, non mi ero ancora permessa di farlo fino ad ora perché non sapevo come
l'avresti presa"
"Non ho segreti per te Bella, io ti amo…"
"Questo lo so ma quella donna, quella leonessa a detto che gli Antichi hanno in serbo
per te qualcosa che non comprende la mia presenza, ho cercato di scrutarle la mente ma
ho trovato un muro impenetrabile, quello che stiamo vivendo e qualcosa di pazzesco e
meraviglioso insieme ma io so che ogni cosa bella ha una vita breve, non permettere a
nessuno di separarci, mai, promettimelo perché ho una brutta sensazione ma non
voglio tediarti ne esserti di peso come non voglio ostacolarti nelle tue decisioni, non
voglio perderti, ecco tutto"
"Tu non mi perderai mai, non permetterò a nessuno di separarci, te lo prometto"
Si dissero tutto senza aprire bocca, solamente guardandosi…
"Anzi, a tal proposito mi chiedo se anche gli altri del consiglio stiano svilupando la
telepatia che Leonard a trasmesso a tutti noi e ora che ci penso anche Gloria e John
probabilmente riescono a leggerci nella mente quindi non fare pensieri sconci…"

"Vuol dire che farò pensieri sconci all'aria aperta lontano da tutti, per esempio ne
 avrei uno adesso…" Disse Roman

"Interessante" Disse Isabel "Che ne dici se facciamo due passi?"
"Attenta, leggo i tuoi pensieri"

"Vedo" Disse Isabel, poi sorrisero e si incamminarono per mano, parlandosi in
 silenzio, vivi, innamorati ed ecitati.

Più tardi Roman raggiunse Leonard all'ingresso del Ponte della verità, Leonard era
 appoggiato al parapetto che dava sullo strapiombo, davanti a loro tre guardie imperiali
 poste all'ingresso della grande porta di entrata alla città li guardavano seri e minacciosi
 in silenzio.
Gli si mise affianco senza parlare, non ne avevano bisogno, erano liberi di dirsi
 qualsiasi cosa solo guardandosi.

"Allora fratello?"
"Ciao eroe di ferro, come sta andando?"

"Stiamo cercando di abituarci a questa nuova realtà, siamo spaesati e confusi ma
 siamo vivi e felici di esserlo, la comunità è composta da un insieme di razze, accettare
 altri esseri simili a noi non sarà un problema, non per noi almeno."

"Lo spero fratello, è molto importante che non vi pestiate i piedi, ci sono zone in città
 che sarano off limit per voi, almeno al momento, sarete sistemati nella parte sud della
 città durante la stagione delle piogge, i moduli in cui abiterete sono particolari e sono
 completamente automatizzati, resterai molto sorpreso dalla varietà di cose che i moduli
 a voi assegnati vi potranno fornire.

Resterete in città solo in quella stagione e i leonidi vi lasceranno la radura nei mesi
 estivi, il "Ponte della verità" sarà ripristinato e rinforzato in modo di darvi accesso alla

città e se vorrete potrete partecipare alla sua rinascita in qualsiasi momento ma questo è
tutto ciò che vi sarà permesso per ora, so che così il mondo diventa un pò stretto
avendo una libertà limitata ma non sarà per sempre, quando il mare si sghiaccia alla
fine della stagione delle piogge si ritira e lascia nella sua scia tonnellate di pesce di tutti
i generi, i Leonidi pescatori lo raccolgono e lo selezionano per poi immagazzinarlo per
l'inverno, potreste offrirvi in aiuto anche per quel momento, sarebbe un buon inizio, c'è
molto da lavorare e da imparare e per i nostri ragazzi più adulti potrebbe essere
istruttivo."
"Vedo che sei preoccupato per qualcosa ma non riesco a leggerti"
"Non farlo, non sono ancora sicuro di quello che sento e non voglio farti spaventare,
per il momento vivi la tua vita e scusami se sono un pò strano, qui devo avere un certo
portamento, qui non sono il vecchio Leonard, qui sono il colonnello Leonard di Gaan,
capitano di vascello nonchè ambasciatore supremo degli Antichi e primo parlamentare
cosmico..."
"Niente di meno!" Disse Roman "Scusa fratello, non sono abituato a vederti in questa
veste" Leonard indossava una strana tuta rossa piuttosto attillata che gli metteva in
risalto le parti basse e aveva tre mostrine triangolari appuntate al petto vicino al cuore,
era molto serio, totalmente diverso da quel vecchio pazzo imbroglione stralunato di
Campo Due che sedeva accanto al fuoco fumando Marjiuana e inventando storie.
"Dimmi della città..."
"Cosa vuoi sapere?"
"Ci hai detto che la città è autonoma e che i leonidi non la usano, come impostata la

loro vita?"

"Oh, i leonidi sono piutosto diffidenti riguardo alla sua avvanzata tecnologia
sconosciuta, vivono semplicemente in piccoli gruppi e non usano le case.

Il loro mondo era privo di città e paesi come sulla terra, vivevano in grotte o in
villaggi di paglia nascosti nelle estese foreste incontaminate del loro mondo nel pieno
rispetto della loro natura selvatica e istintiva senza paura di essere attaccati essendo la
razza predominante e hanno avuto molta difficoltà ad adeguarsi a vivere in una città di
questo genere, anche per questo sono così scontrosi.

Amano la libertà e odiano essere rinchiusi in un luogo che non le appartiene
minimamente.

Usano la città solo nella stagione delle piogge come riparo dalle acque e ne escono
solo alla fine quando celebrano la grande raccolta del pesce che il mare ritirandosi
lascia a terra come un dono divino.

Subito dopo inizia la caccia ai Grog, una via di mezzo fra un cinghiale e un bisonte
terrestre, sono animali che si riproducono velocemente e tornano a "Terra di mezzo"
alla fine del grande inverno in mandrie numerose, sono carnivori e voraci ed erano la
razza prevalente in questo mondo al momento dell'arrivo dei leonidi a Xedoria,
gli Antichi li hanno destinati qui per equilibrare questo paradiso in evoluzione, se i
Leonidi non ne limitassero il numero i Grog cancellerebbero ogni razza diversa dalla
loro compromettendo l'equilibrio di questa strana terra che nel periodo della lunga
estate diventa un forno a cielo aperto e nel periodo invernale diventa una distesa di
ghiaccio.

Nella lunga estate la temperatura sale a dismisura a causa dei due piccoli soli e
questo causa molti incendi, quando succede le guardie imperiali salpano con le navi
cargo e spargono tonnellate di acqua marina in varie parti della terra di mezzo per
impedire al fuoco di divorare tutto.
Sono navi che gli antichi hanno messo a disposizione dei leonidi per preservare la
vita in questo piccolo pianeta ma è stato difficile addestrarli a pilotarle.
Loria è a capo di questo progetto insieme a Gorgon e Aspis che sono altri due nostri
fratelli, sono loro ad addestrare i piloti leonidi addetti a questo compito.”
“Ma quando si rifugiano in città dove alloggiano se non usano le case?”
“Nel palazzo imperiale ci sono quattro enormi sale oltre a quella che avete visto, i
Leonidi si raggruppano lì dedicando il loro tempo al periodo del riposo e
dell’accopiamento per il proseguo della loro specie.”
“Dovremmo prenderne esempio” Disse Roman strappando una risata a Leonard.
“Quindi le case sono sempre vuote…”
“Si uomo di latta ma sto cercando di convincere l’anziano supremo a sistemarvi in
questi appartamenti particolari dissimili dalle vostre case sulla terra, come potrete
constatare; ma adatte alla vostra personalità umana, io conto di integrarvi e credo
nella vostra convivenza perché è vero che avete delle diversità ma la vostra umanità
se ben riposta farà bene al loro carattere scontroso e irritante, hanno perso tutto
come voi e come voi stanno cercando di crearsi un esistenza in una terra aliena al loro
comportamento”
“Cosa ti preoccupa allora?” Gli chiese Roman

"La prossima spedizione…"

"Devi partire?"

"Forse" Rispose Leonard "Gli Antichi traditori del sacro consiglio sono passati da
osservatori a colonizzatori di mondi, non preservano più la giustizia e il bene comune
ma il male e la distruzione di ogni razza inferiore, sono sempre più avidi di potere
cosmico, tu hai visto, sai di cosa parlo, sono completamente indifferenti alla vita altrui,
sono come pirati dello spazio e appaiono dal nulla, depredano, distruggono,
schiavizzano ogni mondo che incontrano dove liberano bestie immonde e maligne che
non siamo sempre in grado di contrastare.

Nel vostro mondo ho visto molti film scaturiti dalla vostra immaginazione, nessuno
di questi rende l'idea del colossale disastro che possono provocare in brevissimo
tempo, sono attratti dall'oro e si nutrono del dolore che provocano alle razze che
incontrano sul loro cammino, la bestia orribile che hai sconfitto sulla terra ne era un
esempio anche se il suo arrivo nel vostro pianeta è stato solo un caso.

Gli antichi stanno cercando un modo per nascondere e proteggere i mondi in cui
esiste una parvenza di vita per cercare di mantenerli integri, con voi erano titubanti, non
vi ritenevano meritevoli di un intervento superiore, troppe guerre interne
sconvolgevano il vostro mondo, ci sono voluti molti incontri e molta pazienza per
convincerli a salvare almeno una piccola fetta di umanità ma alla fine mi hanno dato
ascolto in onore del vostro coraggio e della vostra onestà di intenti, la cupola protettiva
che hanno istituito sopra la vostra comunità vi ha protetto e preservato dalle radiazioni

come forma di vita inteligente altrimenti sareste tutti morti e lo hanno fatto perché per

millenni vi hanno osservato tramite il mio operato e quello dei miei fratelli e se non

fosse stato per la mia insistenza vi avrebbero abbandonato non ritenendovi degni di

salvezza ma io mi sono affezionato alla vostra razza per molte ragioni e sono felice di

avere insistito e di essermi imposto.

Questo mondo era l'unico compatibile alla vostra sopravvivenza, l'unico che ha una

atmosfera simile a quella della vostra terra in questo sistema solare inviolato, è un

pianeta nascosto e privo di quello che interessa agli Antichi traditori, non è sulle mappe

stellari perchè si trova in una dimensione parallela, per arrivare qui abbiamo

attraversato quello che sulla terra chiamavate buco nero ma che in realtà è solo una

piegatura dello spaziotempo e passeranno molte lune prima che si possa di nuovo

attraversare secondo i calcoli degli Antichi."

"Dove sono ora gli Antichi?"

"Sopra di noi, il sacro consiglio sta monitorando questo universo a tratti ancora

sconosciuto, c'è vita in molte stelle, a livello molecolare, molti pianeti sono in via di

sviluppo compreso questo, loro le chiamano colonie e proteggono ogni forma di vita

meritevole secondo il loro divino giudizio.

Questa dimensione non è altro che una delle migliaia di dimensioni esistenti negli

universi paralleli e se la vostra esistenza fosse stata corretta in futuro avreste

probabilmente sviluppato la tecnologia e la scienza neccessaria per arrivare a

comprendere una simile enormità, i governi di tutto il mondo sapevano che l'umanità non era l'unica fonte di vita nel loro universo conosciuto, se non avessero accellerato la

fine del vostro mondo con la loro indifferenza avreste potuto arrivare a compiere grandi

gesta come quello di diventare viaggiatori galattici scoprendo così che c'è vita su molte

stelle sconosciute e lontane anni luce.

Quello che vi ha rovinato è lo stesso cancro che ha corroso l'anima degli Antichi

traditori, la brama di potere ad ogni livello ha corroso nel tempo le vostre menti, le

continue guerre insieme al vostro consumismo sfrenato di cose inutili insieme al

disastro ambientale che ne è derivato ha accorciato enormemente le possibilità del

vostro pianeta di sopravvivere, non avete pensato ai vostri figli nell'insensibilità delle

vostre leggi ma io ho visto l'altra faccia della vostra anima e l'ho trovata meravigliosa,

il vostro amore, quello vero era l'unica cosa che dovevate seguire e difendere, l'amore

fra di voi e per la vostra terra, potevate farlo, ne avevate le possibilità ma avete

delegato la vostra vita e l'avete messa in mano a uomini malvagi e corrotti, in mano a

dittatori spietati e a falsi preti a cui è stato permesso ogni tipo di crudeltà verso chi era

più debole e più indifeso per avidità e lussuria, per la loro ingordigia di denaro, la più

grande truffa dell'umanità, stupidi pezzi di carta in cambio della vostra vita e della

vostra libertà come esseri umani inteligenti, avete versato il vostro sangue per millenni

ammazzandovi a vicenda per stupide decisioni politiche, di razza e di colore.

Non sarà facile, è vero, i leonidi hanno leggi dure, lo ammetto ma questo crea un

deterrente alla loro perdizione, Loria ve lo ha spiegato, chi non le rispetta finisce per essere cibo, per loro voi siete una razza inferiore, per quello che vi osservano tutti i

giorni, sono molto curiosi anche se fanno finta di niente.

Voi siete sotto la protezione degli Antichi e loro sanno che non vi devono toccare,

siete una razza protetta così come la loro e tutto quello che vive e prospera in questo

mondo.

Le case vi forniranno quello che vi serve e non sarete più costretti a spaccarvi le ossa

per lavorare la terra se non per vostra volontà.

Qui avrete tempo per pensare, istruirvi ed evolvervi in pace finalmente, credo che

questa città sia stata costruita proprio per sviluppare il pensiero invece che la forza,

evidentemente per gli antichi abitanti di questa terra la parola "lavoro" era sconosciuta.

Voi esseri umani avete un grande potenziale e il mio contatto insieme a quello dei

miei fratelli vi aiuterà a sviluppare quella parte latente del vostro cervello che sulla

terra non arrivavate ad usare se non in particolari casi eccezzionali.

Sono sicuro che svilupperete conoscenze che vi stupiranno ma a tutto questo ci

arriveremo con il tempo e la pazienza.

Hai altre domande uomo di latta?"

"Si, una…"

"Dimmi…"

"La guarigione dei nostri feriti come è stata possibile, quelle capsule dove abbiamo

viaggiato hanno ridato loro la vita, quando ci avete raccolto molti di noi erano più

morti che vivi…"

"Ristrutturazione cellulare, pulizia di ogni impurità del sangue, ricreazione di D.N.A.

sano e compatibile, estirpazione di ogni impurità dalla vostra pelle, ristrutturazione

completa del vostro esoscheletro, intervento mirato su cellule malate o compromesse, integrazione di vitamine e proteine e molto altro, le macchine guaritrici sono doni degli

Antichi, misteriose e divine, nemmeno noi adepti sappiamo esattamente come siano

state create e da chi.”

“Meraviglioso, se fosse stato possibile averle sulla terra avremmo potuto salvare

milioni di persone con macchine del genere…”

“Non guardare mai solo l’esteriorità delle cose, ogni cosa a due facce ben distinte,

una macchina del genere sulla terra sarebbe stata usata solo da dittatori, capi di stato e

gente senza scrupoli per diventare immortali con tutte le conseguenze del caso, non

sarebbe mai stata concessa ai poveri per i prezzi proibitivi che i vostri governanti

avrebbero imposto all’uso della stessa come molte altre cose proibite alla stragrande

maggioranza della popolazione mondiale, sono macchine che permettono la vita eterna,

giuste in mani giuste, sbagliate nelle mani sbagliate”

“Hai ragione amico mio, il nostro mondo era corrotto ed egoista fino al midollo,

ricordo che solo poche persone al mondo detenevano la ricchezza dei tre quarti della

popolazione mondiale, i famosi “Paperoni”

“Si fratello, la vita sulla terra era diventata impossibile ma non è questo il punto, il

punto vero e l’evidenza delle cose che all’apparenza sembrano buone e a volte lo sono

davvero come le capsule guaritrici ma che provocano tutta una serie di conseguenze se

fossero usate da esseri inferiori in lotta per il potere.”

“Capisco…” Disse Roman

“Bene, ora scusami amico mio ma il dovere chiama e ho milioni di cose da fare,

domani vi aggiornerò sugli sviluppi della trattativa che sto concludendo con il gran

consiglio leonida, ti saluto amico mio.”

Roman gli andò vicino e lo abbracciò come un padre, Leonard si sorprese e per la
prima volta dopo tanto tempo si commosse e lo strinse forte anche lui dopo un
momento di incertezza e non ci fu bisogno di parole.

(La Città Eterna)

Il mattino dopo Leonard insieme a Loria venne a prendere i sei del consiglio per
istruirli sulla funzione delle particolari case dove avrebbe dovuto soggiornare la
comunità umana nei mesi della stagione delle piogge.
La nave di Leonard atterrò su un piazzale contornato da costruzioni simili ad alveari,
solo che le celle erano triangolari e non esagonali.
Erano grosse stanze singole comunicanti munite di uno schermo anch'esso triangolare
posto sul muro di fronte all'ingresso che al loro arrivo si attivò illuminandosi.
Nell'immagine una sorta di onde di vari colori cominciò a viaggiare nello schermo e
una voce le diede il benvenuto in una lingua sconosciuta…
"Che lingua e questa?" Chiese Isabel
"Del popolo che ha costruito questa stranissima città, solo gli Antichi ne conoscono la
provenienza e grazie ai loro studi sono riusciti a comprendere il significato del loro
linguaggio poi hanno inviato i risultati ad un traduttore mentale telepatico che ha
elaborato delle immagini attinenti a questo contesto e che vi consentiranno di accedere
a degli ordini mentali che potrete formulare nella vostra lingua, come potete vedere
accanto al video c'è un visore ottico, avvicinatevi e pensate a quello che volete, il
visore esaminerà le vostre immagini mentali ed elaborerà il vostro progetto che
nascerà nella stanza attigua.

"Vi faccio vedere"

Così dicendo Leonard si avvicinò al lettore ed espresse il suo desiderio in silenzio, il

lettore esaminò la sua immagine mentale e la riprodusse nella stanza attigua, un

semplice letto dove riposare, uno scanner le illuminò il volto e raccolse i dati

telepatici, ci volle solo qualche minuto poi la parete di fianco a loro si aprì e con i loro

occhi videro una camera enorme e asettica, l'unica cosa presente era il letto voluto da

leonard, era un letto a baldacchino con tanto di tende azzurre, cuscini in tinta, lenzuola

bianche e piumone d'oca.

I sei del consiglio rimasero a bocca aperta attendendo spiegazioni…

Lo schermo tremulò di onde verticali e la voce disse qualcosa di incomprensibile.

"Come vedete dovete solo immaginare quel che volete e apparirà come per magia, le

celle funzionano come se fossero delle enormi stampanti a cinque dimensioni ma non

chiedetemi come ciò e possibile, solo gli Antichi potrebbero spiegarvelo.

I Leonidi non usano queste celle, non si fidano delle macchine, di nessuna macchina

in realtà, solo il gran consiglio Leonida utilizza le navette per spostarsi in questa città

dai mille segreti, tutti gli altri se ne stanno alla larga da tutto quello che è meccanico e

detestano essere rinchiusi anche se solo per i quattro mesi nella stagione delle piogge.

"Ma noi stiamo sviluppando solo ora la comunicazione telepatica, come farà il resto

della nostra comunità ad adeguarsi a questa cosidetta magia se non sono ancora

pronti?" Disse Emma

"Oh, non sarà un problema, stasera ci uniremo e sarà una strada a senso unico, tutte le

vostre verità saranno svelate nella vostra mente, dovrete imparare a schermare i vostri
ricordi e la vostra privacy perché dopo stasera tutti sapranno tutto di tutti, dopo stasera
sarete una mente unica, non ci sarà più bisogno di riunirsi per parlare." Rispose
Leonard
"Questo però potrebbe diventare un problema, potremo perdere l'uso della parola
comunicando in maniera telepatica" Disse Brian
"Beh dottore, sta a voi mantenere il vostro modo di essere, sarà interessante
vedere come ve la caverete ma io ho fiducia in voi e sono sicuro che vi abituerete, la
telepatia come la chiamate voi e solo il primo cambiamento a cui sarete sottoposti, ve
lo detto, sono molte le cose per cui vi stupirete in questa terra.
Ora provate voi, guardate il visore e pensate intensamente a quello che volete far
apparire nei vostri appartamenti provvisori, se cio non succede pensate ad
un'alternativa dell'oggetto desiderato e non esagerate con le dimensioni, nel caso vi
basterà la parola "Vuota" per farlo sparire, alla parola "Vuota" la parete si chiuse e il
letto scomparve lentamente disfacendosi, come vernice che cola il materiale con cui era
stato costruito defluì e fu raccolto dai canali ai lati della stanza magica così come venne
poi sopranominata dalla comunità.
"Visto? Nessun rifiuto, ogni materiale viene raccolto in fase liquida e poi riciclato
automaticamente"
"Funziona anche per il cibo?" Chiese Omar
"Beh, prova ad immaginarlo…"
Omar si mise davanti al lettore e immaginò l'ultima cena del quattro luglio di
millenni prima a casa della nonna, quando lui era ancora un bambino grassoccio come

suo figlio, una tavola imbandita di tutto punto con ogni ben di Dio e per esagerare

desiderò del buon vino italiano curioso di sapere che cosa sarebbe apparso…"

Dopo qualche minuto la parete si aprì e la tavola con otto posti a sedere era lì sotto i

loro occhi completa di una tovaglia ricamata a mano proprio come quella che metteva

sua nonna a tavola quando lui era bambino e la sua famiglia si ritrovava alla cene del

ringraziamento, sopra il tavolo oltre ad un tacchino ripieno mostruoso condito da patate

croccanti e fumanti c'era della frutta esotica e due torte di mele che sembravano appena

sfornate, la grossa camera triangolare si riempì di un profumo delizioso, c'era anche il

vino, due bottiglie di Barolo con otto calici di cristallo e ai sei del consiglio venne una

gran fame oltre che una gran sete…

"Ma è tutto vero?" Domandò Roman

"Provare per credere" Disse Leonard "Coraggio, accomodiamoci e pranziamo, inutile

sprecare un pranzo del genere bagnato da del buon vino Italiano…"

Si sedettero increduli e i primi bocconi furono bocconi diffidenti ma il cibo era

gustoso, come preparato da uno Chef finito e il vino era fresco e paradisiaco nel palato.

"Come è possibile tutto questo?" Chiese Brian

"Il traduttore telepatico collegato al visore ottico che abbiamo elaborato comunica con il

cervellone di questa città che elabora il vostro pensiero e i vostri ricordi, anche quelli più

remoti e li riformula attraverso immagini mentali baipassando l'idioma di questa lingua

arcaica e antica che ancora non comprendiamo perfettamente.

Il popolo che ha abitato questo pianeta probabilmente è scomparso da secoli ma il

loro lavoro e rimasto, per quanto ne sappiamo questa città ha un cervello che gli

Antichi stanno ancora studiando per le sue estese possibilità e non ci è dato di sapere
l'uso che vogliano farne."
"Mia figlia ne andrà matta" Disse Isabel ed Emma sorrise, ultimamente si era
addolcita un pò ma non vedeva di buon occhio il ritorno alla civiltà, i ragazzi del
villaggio bevevano ogni novità di quello strano mondo con ingordigia, erano sempre
felici e non facevano che perlustrare l'isola avanti e indietro parlando poi con Doroty di
tutte le loro scoperte mentre quelli più grandi andavano alla ricerca di angolini
tranquilli in cui appartarsi a pomiciare, vivi come non lo erano mai stati, sulla terra
prima della grande guerra i giovani si erano isolati, eternamente connessi al loro
telefonino, isolati e soli.
"Ancora una domanda, a parte letti e cibo cos'altro possiamo immaginare per vederlo
apparire?" chiese Isabel
"Come vi ho già detto il visore estrappola immagini dai vostri ricordi ma attenzione a
quello che immaginate, se richiamaste nei vostri pensieri oggetti come computer, telefonini
o televisori sappiate che anche se appariranno non avranno nessuna funzione, in questo
mondo non esiste internet o reti televisive quindi sarebbero oggetti completamente
inutili ma potete consolarvi richiamando oggetti a voi cari, tipo un vaso, un quadro, uno
specchio, un qualsiasi oggetto che qui sarebbe inutile tanto quanto lo era nella vostra
madre terra ma se può esservi di consolazione allora vi basterà pensare all'oggetto in
questione e vi apparirà come di incanto, i vostri bambini potranno richiamare i loro
giocattoli preferiti, voi potrete richiamare un armadio e dei vestiti, vi servirà per

sentirvi un pò a casa come sulla terra, ognuno potrà arredare le proprie celle con le cose

a voi più care, sarà un pò come fare shopping su Amazon solo che lo farete con il

pensiero e senza spendere un solo dannato dollaro…"

"Va bene, è così per le cose, ok ma se invece io pensassi ad un'arma "La cella" me la

fornirebbe?" Chiese Emma

"Si ma solo con la mia autorizzazione"

"Non pensi che anche noi dovremmo avere armi per cacciare o per difenderci?" Lo

incalzò Emma "Loria ha detto che per i leonidi siamo cibo, se ci fosse qualche

incidente con i leonidi noi saremmo completamente disarmati e questo non mi piace"

"I leonidi usano archi e spade, le armi da fuoco qui sono estranee e per il momento lo

devono rimanere e comunque a parte la caccia e la pesca qui non c'è nulla di

pericoloso, nulla da cui difendersi e come vedrete non avrete bisogno ne di cacciare ne

di pescare se è per questo, almeno nella stagione delle piogge" Disse Loria

"Però…" Disse Brian "Se mi posso permettere devo porre alla vostra attenzione il

dilemma umano, tutto ciò e davvero bello ma d'altra parte è mostruoso per la nostra

indole umana, cosa faremo tutto il giorno se queste case pensano ad ogni nostro

fabbisogno? Qualcuno potrebbe abituarsi all'ozio e decidere di non lavorare più la

terra, di non produrre più niente con la propria fatica nei campi, come occuperemo il

tempo non facendo nulla tutto il giorno?" Disse Brian

"Non è così Brian, nessuno vi vieta di muovervi o di coltivare la terra se vorrete

continuare a farlo ma qui in questo mondo nessuno lavora, qui si vive per la colletività

e per il bene comune, qui non avete bisogno di uno stipendio, questa città e queste celle
sono state pensate per il benessere e la sicurezza dei suoi abitanti nel pieno rispetto di
questo pianeta, qui siete veramente liberi ma non corriamo, un passo alla volta come
dice Padre Amos, per i primi giorni visiterete la Città Eterna in gruppi accompagnati da
Loria, ci andrà tempo e pazienza, prendetela come una vacanza, il vero cambiamento
si ottiene facendo piccoli ma significanti passi verso il bene comune e collettivo, dopo la
stagione delle piogge i vostri pescatori potranno unirsi ai pescatori leonidi per la raccolta
del pesce e subito dopo inizierà la stagione della caccia, vi assicuro che nei mesi
estivi tutta la comunità avrà molto da fare e se vorrete la vostra guardia potrà
affiancare i cacciatori leonidi" Disse Leonard
   "I Grog sono delle grosse bestie e sono carnivori, la loro pelle e durissima e per
abbatterli devono essere colpiti al collo, l'unico loro punto debole, a caccia finita le
pelli andranno conciate mentre la carne sarà raccolta e trattata per la conservazione
in speciali celle frigorifere, il pesce invece deve essere steso ai soli per l'essicazione.
Nella radura potrete coltivare quello che vorrete se non volete utilizzare le case, ad ogni
modo come vi ho già detto qui siete liberi di scelta.
Mi auguro che possiate collaborare e convivere." Disse Leonard

   (Condivisione, le menti si aprono)

   Quella sera la Comunità si riunì nella grande grotta e come sulla terra Leonard spiegò
loro quello che i sei del consiglio sapevano già, molti ebbero un pò paura di affrontare

questo cambiamento ma Leonard così come Amos li assicurarono che non c'era niente
da temere così si unirono tutti per mano mantenendo la stessa posizione e metodologia
e Leonard prese le sue sembianze aliene.

L'onda rosso azzurra che si sprigionò dalla loro seconda unione li portò alla piena
considerazione della loro anima, un insieme di pensieri si sprigionò nelle loro menti,
era come essere in un grande mercato cittadino dove tutti parlavano insieme
contemporaneamente.

Ognuno cominciò a percepire i pensieri dell'altro e molti di loro si stupirono per i
propri, un arcobaleno di colori e di ricordi altrui furono condivisi da tutti e venne fuori
anche qualche piccolo tradimento amoroso, scoprirono improvvisamente che ora
dovevano fare molta attenzione a quello che pensavano ed era quello che Omar temeva
di più, ora tutto era chiaro alla luce del sole, qualsiasi tradimento grave sarebbe stato
percepito da tutta la comunità, qualsiasi pensiero sporco sarebbe stato sentito da tutti,
compresi i ragazzi, padre Amos capì che avrebbe dovuto parlare e tenere consiglio su
quella questione, in quella sera particolare, in quella grande grotta illuminata da quella
grande luna scura che faceva paura da quanto era vicina l'essere umano prese
finalmente la consapevolezza di se e della propria fragilità.

Ora erano un insieme, un tutt'uno, erano una cosa sola e qualcuno cominciò a cantare
una vecchia canzone, tante voci si unirono ad essa e alla fine la Comunità tutta si
ritrovò a celebrare la vita che avrebbe dovuto essere preservata e coltivata come si fa
con una pianta vitale per la propria esistenza.

(Regolamenti)

"Fratelli, dobbiamo discutere di questa nuova era in cui siamo rinati diversi, cambiati,
 la bellezza di questa dote, di questa intelligenza, di questa trasmissione di pensiero ha
 bisogno di una discussione, mi piacerebbe ascoltare cosa ne pensate (Lo disse senza
 parlare) Dite Amen se mi sentite."
Tutta la comunità alzò la testa, tutti lo sentivano chiaramente come se lo avessero
 davanti faccia a faccia e dissero "Amen"
 "Siamo diversi ora, siamo collegati, siamo una cosa sola, credo che ci voglia una
 regola e badate bene che parlo di una regola e non di una legge.
 A ognuno di noi può capitare di avere brutti pensieri o pensieri sconci, questo
 potrebbe portare dei problemi nella nostra unione quindi rispettate i pensieri altrui, non
 scavate nei pensieri privati o nei ricordi di nessuno, chi lo farà sarà esiliato.
 Siamo sotto osservazione, gli Antichi e i Leonidi osservano il nostro comportamento
 per cui vi chiedo limpidezza e attenzione, non possiamo sbagliare, non dobbiamo
 sbagliare.
 Qualsiasi problema sorgesse in questa nuova condizione ne saremmo tutti al corrente
 per cui tutta la comunità potrà decidere e dare un verdetto, spero di essere stato chiaro.
Se qualcuno a qualche dubbio o contrarietà lo dica ora…"
 Tutta la comunità capì la pericolosità di una dote simile e nessuno obbiettò sulla
 regola proposta da Amos.
 "Bene, vedo che siamo tutti d'accordo, andate in pace, vi benedico tutti e sono
 orgoglioso di voi."
 "Amen" Rispose la comunità in un solo pensiero.

(La grande migrazione)

Il giorno prima della settima luna la comunità fece finalmente il suo ingresso in città,
l'approccio che ebbero con quelle case particolari fu positivo per un verso e negativo
per altri, quello che desideravano che apparisse doveva essere pensato nei particolari e
molti fratelli avevano una scarsa immaginazione ma alla fine tutti arredarono quelle
stanze particolari evocando dai loro ricordi i pochi oggetti a loro cari, John richiese un
sacco di fumetti della Marvel e Gloria ebbe il suo primo orso di pelousce, il primo di
una lunga serie di cose da bimba, in quelle magiche case bastava immaginare per avere
e per disfarsene bastava dire la parola magica e l'oggetto in questione spariva e veniva
riciclato così come era apparso senza il minimo rifiuto.
Faceva caldo in città, un caldo infernale ma gli alloggi simili a piccoli Loft al
contrario erano freschi essendo dotati di aria condizionata per loro fortuna, oltre le porte
a vetri al esterno un ballatoio semi trasparente di un materiale misterioso collegava
ogni alloggio ad un nastro che li trasportava velocemente alla piazza sottostante da cui
si diramavano molte strade a terra e per aria, nei grossi tubi trasparenti che si
intersecavano sopra la piazza viaggiavano navette di continuo senza nessun passeggero,
vuote, la comunità si domandava dove portassero quelle strade e quei tubi ma non
avevano ancora l'autorizzazione per scoprirlo, Leonard aveva raccomandato ai ragazzi
di non andare in perlustrazione da soli al momento, la città magica era talmente estesa
che avrebbero rischiato di perdersi come un turista fai da te.

Dappertutto dovunque si perdesse la loro vista c'erano complessi di celle uguali alle

loro a perdita d'occhio, gli abitanti di quel posto dovevano essere stati numerosi e molti

si chiedevano chi erano e che fine avessero fatto.

La grande migrazione cominciò tre giorni dopo il loro ingresso in città, il cielo si

rabbuiò velocemente e il cielo e la terra si riempirono di grida di uccelli e rumore di

zoccoli, il rombo crebbe di intensità e tutta la comunità riunita salì sulla terrazza in

cima al complesso di cellule che li ospitava e lo spettacolo lasciò tutti senza fiato.

Intere mandrie di grosse bestie mostruose con lunghe corna ritorte facevano tremare

la terra, centinaia di migliaia di animali di tutte le razze e dimensioni gli correvano a

fianco lasciandosi dietro un gran polverone rosso che montava come l'onda di uno

zunami, il cielo era oscurato da milioni di volatili di ogni razza e dimensione che

volavano insieme come un unico stormo verso un'unica posizione, "Nuova terra" Il

rumore delle loro grida era assordante, la terra tremava mentre il primo fulmine accecò

tutti con la sua luce, il tuono che lo segui fece spaventare tutta la comunità mentre la

pioggia cominciava a cadere copiosa in lontananza sul mare.

Si fece sempre più buio nonostante fosse mattino, le mandrie lanciate nella corsa per

mettere in salvo le loro vite travolgevano qualsiasi ostacolo e facevano da apripista a

tutti gli animali più piccoli.

La grande migrazione durò per lungo tempo fino a notte inoltrata e alla fine arrivò la

pioggia, il diluvio universale si abbattè su di loro e la comunità si rinchiuse nelle celle,

poco dopo uscire diventò impossibile, le strade della città diventarono dei fiumi in piena.

Nessuno di loro aveva mai visto un tale diluvio, pioggià intensa, scrosciante,

continua, ininterrotta, la grande luna oscurò il cielo annunciando l'arrivo dell'inverno e

per i quattro mesi successivi a Xedoria dominò la lunga notte, il mare si innalzò e

raggiunse le mura della Città Eterna poi la pioggia si trasformò in neve, la temperatura

scese precipitosamente in assenza della luce dei due soli scomparsi dietro alla grande

luna e il gelo ghiacciò quel mare dolce e lo trasformò in una lastra di ghiaccio a perdita

d'occhio.

Nei due mesi successivi l'unico loro svago fu quello di salire sul tetto coperto per

ammirare quel mare di ghiaccio che aveva sommerso terre che solo fino poco tempo

prima erano piene di vita animale.

I Leonidi invece erano chiusi nelle sale imperiali e ne sarebbero usciti solo a fine

stagione, conoscevano bene quella terra ormai e si erano abituati a rispettarne la

volontà.

Al contrario gli umani soffrivano di noia e di malinconia, un conto era vivere come in

una avventura, pericolosa, si, ma mai noiosa, si trattava di sopravvivere, di prendere

drastiche decisioni, c'era il rischio di morire in ogni momento, di ammalarsi, c'era

dolore e disperazione nel loro cuore ma anche amore e coraggio, era una lotta per la

vita mentre qui erano stati prima confinati nella radura e adesso in questi strani locali

magici, molti fratelli e sorelle richiamavano ricordi di libri che poi si scambiavano fra

di loro.

Presi in queste letture scoprirono stupefatti di riuscire quasi a vedere i personaggi

delle storie con un'immaginazione molto sviluppata grazie al contatto telepatico,
romanzi, favole, racconti dell'orrore, libri di storia e filosofia cominciarono ad
appassionare i ragazzi, non c'era più bisogno di avere un posto fisico per riunirsi, tutti i
ragazzi sentivano Doroty e Lei sentiva tutti loro.

Al loro primo contatto con Leonard sulla terra il vociare di miliardi di persone urlanti
invase il cervello di tutti i fratelli e le sorelle della comunità ma dal momento che si
erano svegliati come rinati dalle capsule le uniche voci che sentivano ora erano quelle
della comunità stessa anche se in maniera confusa, dopo il secondo contatto con
Leonard avevano cominciato a capire che concentrandosi potevano isolare delle singole
voci e oscurare i propri pensieri privati.

Avevano capito il meccanismo per comunicare mentalmente, era molto più comodo e
veloce, era come avere un cellulare inserito nel cervello, come bussare alla porta di
casa del vicino, se il vicino ti sentiva decideva se aprirti o lasciarti fuori, per schermare
i pensieri e i ricordi privati invece bastava immaginare un posto sicuro dove metterli
prima di aprire la loro porta mentale, facile una volta capito l'inghippo.

Xedoria ora era una palla di ghiaccio, la temperatura esterna era proibitiva poi
finalmente dopo quattro giri di luna (4 mesi) il cielo si aprì e smise di nevicare, fu un
sollievo per tutta la comunità, i due piccoli soli ricominciarono a splendere, i ghiacci
cominciarono a sciogliersi e l'acqua che aveva formato veri fiumi nelle strade cittadine
cominciò a defluire dai mille canali di scolo della Città Eterna.

(La raccolta del pesce)

Le mura della città erano munite di un immenso camminatoio in pietra bianca, oltre le
 mura il mare si estendeva a perdita d'occhio e lontano all'orizzonte oltre la terra di
 mezzo si ergevano montagne spettacolari colme di neve.
Leonard li informò che a breve, dopo lo scioglimento dei ghiacci sarebbe cominciata la
 raccolta del pesce, la luce dei due soli era tornata a splendere aprendosi un varco nelle
 nuvole il mare aveva cominciato a ritirarsi regalandogli un'abbondanza di pesce sparso
 al suolo, un bene divino.
 Tutti gli uomini della comunità furono reclutati per aiutare i leonidi a raccogliere e
 stivare il pesce in grosse vasche saline.
 Era il primo approccio di collaborazione fra due razze estremamente diverse e
 l'imbarazzo e la diffidenza furono le prime cose che si verificarono al loro incontro
 fuori dalle mura.
 "Pace Omar della terra, io sono Urs, figlio di Astoc, capo dei pescatori, per volere
 degli Antichi posso disporre del vostro aiuto e dell'aiuto dei vostri uomini, il vostro
 compito non sarà difficile, forse un pò faticoso, abbiamo poco tempo prima del ritorno
 delle mandrie di Grog a Terra di mezzo, ed è un lavoro da fare a mano, il raccolto sarà
 diviso equamente fra la vostra razza e la mia quindi diamoci da fare, ci divideremo in
 due gruppi, noi raccoglieremo nella zona est e voi nella zona ovest rispetto alla città,
Rorc e Crisu seguiranno i nostri cacciatori mentre io e mio figlio resteremo con voi per
 riportarvi a casa, come vedrete terra di mezzo è strana e piena di insidie dopo il ritiro
 delle acque quindi non allontanatevi da noi e fate quello che vi dico"

Omar si risentì un pò per questo trattamento duro e autoritario ma mantenne la

calma… "Pace Urs figlio di Astoc, ti assicuro che non siamo degli sprovveduti, sulla

terra abbiamo affrontato pericoli anche maggiori di una semplice raccolta di pesce"

"Chiedo venia Omar della terra, la mia non voleva essere una sottovalutazione ma

solo un consiglio, non conoscete questo mondo come noi, ci sono paludi mobili e

piante carnivore e velenose, ci sono trappole e strapiombi mortali nascosti nella fitta

vegetazione, dovrete fare molta attenzione a dove mettete i piedi per questo motivo vi

consiglio di seguire le mie indicazioni, Oh ecco mio padre…

Pace a voi terrestri, io sono Astoc, capo dei cacciatori, vedo che avete già conosciuto

mio figlio"

"Si, stavamo appunto discutendo le modalità di questa raccolta e mi scuso per la mia

superbia, vi seguiremo con fiducia e impareremo a collaborare per volere degli

Antichi"

"Così sia" Disse Astoc

Gli uomini scelti nella comunità per la raccolta del pesce furono muniti di lance corte

con cui infilzarlo e depositarlo nelle grandi sacche di cui ogni raccoglitore era munito

e che poi sarebbero state svuotate nei contenitori collegati alle navi cargo che a loro

volta lo avrebbero stivato in enormi vasche ghiacciate.

Non fu una cosa semplice, Urs aveva ragione, il terreno era fangoso, gli umani

affondavano quasi fino al ginocchio mentre i Leonidi sembravano non accusare

nessuna fatica, nessuno di loro indossava vestiti, solo una specie di gonnellino di pelle

proteggeva i loro atributi, protetti dalla guardia imperiale che ne seguiva l'avanzata

mentre gli umani appesantiti dai vestiti ormai zuppi di fanghiglia rossa continuavano ad
arrancare senza fiato.

Ad un certo punto la squadra dei pescatori di punta si fermò davanti ad una nutrita
schiera di crostacei vagamente somiglianti a granchi enormi, si spostavano veloci
nascondendosi poi nel terreno a metà strada fra loro e il mare.

Rorc e Crisu spiegarono a Omar e a Roman che per stanare quelle bestie sarebbero
intervenuti i cacciatori.

"Osservate la nostra tattica, sono molto difficili da abbattere, bisogna colpirli con una
lancia proprio in mezzo alla testa dove si trova l'unica parte molle di questi esseri e
bisogna farlo da vicino colpendolo nel unico occhio di cui sono dotati ma c'è da stare
molto attenti, hanno delle chele enormi e molto taglienti capaci di dividere in due un
corpo con un solo colpo, sono veloci e infide, tendono trappole nascondendosi nel
terreno, osservate, vi tornerà utile…"

I cacciatori che affiancavano e proteggevano i pescatori si disposero in un mezzo
cerchio poi avvanzando compatti presero a scagliare frecce nel terreno ogni cinque
passi, alla terza scoccata dal terreno emmersero due di quegli esseri che cominciarono
ad agitare le chele aprendole e chiudendole con un gran rumore di schiocco.

Astoc si pose dietro il semicerchio con una lancia in mano mentre gli altri
disturbavano i due granchi bislunghi riempiendoli di frecce, il granchio più vicino si
portò le chele chiuse davanti al muso a proteggere l'unico suo punto debole, Astoc che
era il cacciatore più bravo e più potente di lancia si posizionò al tiro con la massima

concentrazione, non doveva sbagliare, aspettò che il granchio attaccasse e non appena
le chele si abbassarono lanciò.

La lancia volò verso l'obbiettivo veloce e si conficcò esattamente al centro dell'occhio
nero e impossibile che roteava continuamente, il granchio barcollò, fece ancora qualche
passo e stramazzò al suolo.

La stessa sorte toccò al secondo e al terzo ma al quarto Astoc fallì e il granchio attaccò
deciso, veloce, stava quasi per mozzare la testa di Urs quando una furia centrò con una
spallata il granchio mandandolo a gambe all'aria, Roman sorrise soddisfatto, il
granchio intanto agitava le sue otto zampe tentando di rialzarsi ma Roman afferrò le
sue chele e gliele strappò dal corpo poi si girò verso i cacciatori alzandole in alto in
segno di vittoria.

I Leonidi lo fissarono con una nuova espressione, Roman aveva salvato uno di loro,
Astoc, capo lanciere gli si avvicinò.

"Grazie umano, per colpa mia mio figlio sarebbe stato ucciso oggi, io Astoc, capitano
della caccia te ne sarò sempre grato, hai una forza paurosa, che ne diresti di darci una
mano?"

"Sarò ben lieto di cacciare con voi"
"Così sia, insieme faremo prima, forza allora, la giornata e lunga e faticosa ma alla fine
vorrei che tu ti intrattenessi con noi."

"Mi fai un grande onore capitano, sarà un occasione di confronto, non ti deluderò,
abbiamo molto da imparare gli uni dagli altri…"

"Parole sagge Roman della terra"
Così ripartirono con Roman che si divertiva come un matto a rovesciare quei granchi
enormi a suon di pugni aiutando molto l'avvanzata dei pescatori tanto da meritarsi alla

fine della giornata un elogio da parte del gran consiglio dei Leonidi.

Tutti i fratelli che avevano preso parte a quella battuta di pesca alla sera

stramazzarono nei letti, i ragazzi invece stettero per ore a raccontare a Doroty tutto

quello che avevano visto e vissuto in quel giorno nonostante fossero esausti anche loro.

La sera della settima luna Roman e Isabel furono invitati a corte per il gran banchetto

leonida, le fu servito su un tagliere di legno la polpa del primo granchio che aveva

abbattuto in un letto di strane foglie rosse profumate e gustose, Isabel e Roman ne

mangiarono a sazzietà, era squisito, il sapore ricordava la carne di salmone, mancava

solo un po' di limone.

Molti tavoli di legno grezzo ricavati da grossi tronchi con relative panche erano sparsi

per tutto il salone, in mezzo ad ogni tavolo un grande contenitore di corda intrecciata

era pieno di pesci variopinti che ancora saltellavano.

I leonidi ne mangiavano in gran quantità, lo mangiavano crudo, in silenzio, in

contemplazione del cibo.

Roman e Isabel si sentivano osservati.

"Pensi che alla fine mangeranno noi come dessert?" Disse Isabel sorridendo

"Forse mangeranno te amore mio, io sono un po' coriaceo..." Rispose Roman

sorridendo...

Nella sala solo grugniti, strizzar di denti, soddisfazione e concentrazione nella

degustazione di quel ben di Dio da parte dei Leonidi.

Nessuno di loro alzò il muso fino a che le loro pance non furono piene.

Le leonide guardavano Isabel con curiosità e lo stesso facevano i maschi nei confronti

di Roman.

Loro due accettavano di buon grado quegli sguardi indagatori senza prendersela,

Leonard li aveva avvisati sulla serietà del popolo leonida.

Finita l'abbuffata il popolo leonida passò alla pulizia dopo pasto leccandosi le mani

munite di lunghi artigli, pulendole dai resti del pesce, Roman sommando i tavoli ad

occhio e croce calcolò che in quella sala enorme dai soffitti altissimi a sbranare pesce ci

fossero più di trecento anime leonine.

Quando ci fu silenzio il primo ministro Sion si alzò e prese la parola…

"Mi è stato riferito che Roman della terra oggi ha compiuto un gesto nobile, mettendo a

rischio la sua vita si è gettato contro un Crock "Granchio in lingua leonida" per salvare

la vita ad'Urs figlio di Astoc, capitano della caccia.

Roman della terra alzati in piedi per ricevere il nostro tributo."

Roman si alzò mentre la maggioranza della comunità era telepaticamente in ascolto,

riuniti nella grande grotta, concentrati, curiosi, preoccupati, Roman era il loro eroe, il

loro faro nella buia notte della vita.

"Roman della terra, per questo tuo gesto di coraggio noi accettiamo la vostra venuta

con benevolenza e ofriamo tutta la nostra collaborazione, d'ora in poi sarete parte di

noi, del nostro branco, mi è stato detto che sei anche saggio oltre che valoroso,

impareremo gli uni dagli altri e elimineremo le differenze rispettando il vostro e il

nostro pensiero, sappi che la mia parola è legge e il tradimento non è ammesso, non è

nella nostra indole, siamo un popolo fiero e tu col tuo gesto ora fai parte di noi quindi ti

annuncio che se vorrai potrai partecipare alla grande caccia che avrà luogo fra poco

sarai bene accetto e se vuoi sceglierai tu stesso chi portare con te.

Camminerete sulle montagne insieme ai migliori, è un compito arduo e faticoso e farà
molto freddo quindi dovrete coprirvi pesantemente"
"Ne sono onorato." Disse solo Roman
"Vedo che hai una compagna, posso sapere il suo nome?"
"Mi chiamo Isabel"
"Isabel, un bel nome, mia cara, sappi che sto aspettando di divenire padre per la terza
volta, spero che tu mi conceda l'onore di dare il tuo nome alla prima femmina della mia
cucciolata per suggellare la nostra unione che da stasera mi auguro sarà molto
producente"
"E io ti ringrazio primo ministro, ne sono felice"
"Ora potete congedarvi, sarete stanchi, buoni sonni amici miei"
Roman e Isabel si alzarono e si inchinarono poi scortati dalle guardie imperiali
ritornarono alla radura.
Quel posto era incantevole, specie di notte, i ragazzi ne erano innamorati, John e
Gloria erano cresciuti, il loro diciottesimo compleanno nella Radura Fenice si fece festa,
la comunità aveva completamente dimenticato il significato del termine cattiveria,
niente furti, rapine, guerre, razzismo o religione, niente gelosie, cattiverie, dispetti o
povertà, solo libertà di essere vivi, niente fabbriche, aria sporca, mafia, schiavismo,
politici corrotti, solo vita, pura vita, era un paradiso, quella era la sensazione che aveva
la comunità quando si trovavano in quella radura, sicurezza, sorrisi, gentilezza,
amicizia, amore, cibo sano, buona birra e acqua limpida da bere, che altro potrebbe
chiedere o avere un essere umano per essere felice?
Omar per l'occasione invitò il primo ministro Sion insieme ai suoi consiglieri Maurg e
Groar, Roman invitò a sua volta Astoc e Urs con le loro rispettive compagne.

Era l'occasione giusta per confrontare le loro storie, omar si era preparato, il suo

discorso sarebbe stato breve e conciso, in fondo gli errori umani si potevamo

riassumere i due uniche parole "Potere e avidità"

Una gran quantità di panche e di tavoloni apositamente costruiti erano stati preparati in

riva al lago, illuminati da appositi candelieri.

La Radura Fenice indossò un abito di magia, mentre su due enormi braceri si stava

arrostendo una gran quantità di pesce e di carne poco lontano due fuochi tenevano in

bollitura due pentoloni in cui bolliva altro pesce in zuppa.

L'uso del fuoco era stato molto discusso, i leonidi avevano il loro tallone d'achille, lo

temevano ma Leonard con molta pazienza aveva spiegato a Sion che gli umani sulla

terra dominavano il fuoco e che erano abituati a farne buon uso, le spiegò anche che gli

umani cuocevano il cibo prima di mangiarlo perche era loro abitudine.

Mentre la maggior parte delle donne serviva il cibo i sei del consiglio seduti ad un

tavolo a parte insieme agli invitati leonidi mangiavano in silenzio, la birra d'orzo che i

mastri birrai del campo avevano prodotto dal grano cresciuto in quella terra aveva dato

risultati sorprendenti e i boccali di legno pieni di quel nettare rosato andavano e

venivano senza sosta dai tavoli al bancone della birra.

Maurg e Groar le chiesero di che natura fosse il liquido ambrato e spolverato di

schiuma che avevano nel boccale, loro bevevano acqua…

"Vi consiglio di assaggiarla" Disse Omar poi pensò: "Stupefacente, sto parlando con

dei leoni…"

"L'assaggeremo volentieri, se posso esprimere delle curiosità perché dovete bruciare

il cibo prima di mangiarlo?"

"È una nostra usanza, da quando l'uomo è riuscito a domare il fuoco, vedrete che vi
 piacerà" Disse Omar
 Sion guardò John e Gloria "Così questi sono i vostri cuccioli" Disse Astoc
 rivolgendosi a Roman e Omar "I vostri nomi?"
 "Io sono John della terra"
 "Io sono Gloria della terra"
 Sion sorrise "Pace a voi giovani terrestri, vi porgo il nostro augurio e il nostro rispetto,
 da quanto o capito per voi è un giorno importante"
 "Lo è primo ministro, finalmente potrò bere birra anch'io" Rispose Gloria strappando
 una risata a tutti, una battuta che i Leonidi non capirono, erano privi di umorismo, una
 caratteristica solo umana.
 "Oggi saremo promossi al lavoro insieme agli adulti" Disse John, ci sarà permesso di
 partecipare attivamente alla nostra comunità"
 "Ottimo" Disse Sion "Abbiamo bisogno di abili cacciatori, con che arma sei abile se
 posso chiederlo mio giovane John della terra"
 "Sono abile con l'arco come con la lancia, un giorno sarò un lanciatore come Astoc"
 "Ne sono felice" Disse Sion "Ora assaggeremo il vostro pesce bruciato e la vostra
 acqua sporca e godremo della vostra compagnia…"
 I sei del consiglio sorrisero a quella affermazione, capirono che Sion non voleva
 offendere…
 "Si chiama birra primo ministro, assolutamente naturale prodotta dal grano coltivato e
 cresciuto su questa terra da semi terrestri" Disse Isabel sorridendo
 Sion la guardò con un'aria interrogativa e in quel momento Leonard li raggiunse,
 prese un boccale di birra in mano e disse: "Salute a tutti voi" sembrava felice…
 "Primo ministro, per suggellare la nostra unione in questa serata di conoscenza, di

storie e di festa è usanza umana bere insieme il nostro prodotto, nato dal nostro sudore

e dalla nostra fatica nei campi, nato da questa terra rossa che ha molteplici qualità così

come hanno scoperto i nostri agricoltori quindi beviamo, a John e Gloria, che il destino

sia fausto e prolifico con voi, pace"

Bevvero tutti, i Leonidi dopo un primo assaggio gustato fra le fauci bevvero

avidamente, quel liquido che gli umani chiamavano birra era favoloso, erano simpatici,

la schiuma della birra regalava dei sorrisi a quelle grandi bocche munite di denti

micidiali, quando poi arrivò il pesce i leonidi dopo qualche boccone stizzito si

buttarono famelici spazzando piatti su piatti e boccali su boccali, avevano un apetito

bestiale, Omar voleva avvisarli di non esagerare ma sembrava che reggessero molto

bene l'alcol per cui li lasciò fare…

Alla fine della cena i leonidi satolli, soddisfatti e anche un po' alticci erano molto più

sorridenti di quando erano arrivati, ringraziarono la comunità complimentandosi per il

gusto del cibo e della birra e annunciarono che erano pronti ad ascoltare la loro storia.

Omar si alzò e tutta la comunità si strinse a lui nel ricordo della loro terra, fu chiaro e

non si tenne dentro niente, fu quasi una confessione di colpevolezza per l'indifferenza

verso il mondo che li aveva ospitati, la loro madre terra che ancora tenevano nel cuore

nonostante tutto, la comunità tutta era in silenzio e a testa bassa mentre Omar

raccontava i motivi del fallimento della razza umana.

I leonidi ascoltarono annuendo, seriamente interessati ai loro errori umani incredibili.

Toccò poi a Sion alzarsi in piedi ponendosi al centro della comunità ma lui si rivolse ad

Astoc.

"Puoi parlare tu in mia vece Astoc, chiedo venia ma ho bevuto un po troppa birra e ho

la mente confusa…" La comunità capì e molti sorrisero, era un buon inizio…

Astoc si alzò…

"Ti ho osservato molto durante il tuo racconto Omar della terra e sono colpito dalla

tua onestà, in pochi hanno il coraggio che ci vuole ad ammettere i propri errori, doveva

essere un bellissimo pianeta…

"Lo era, hai detto bene Astoc" Disse Omar

"La nostra storia al contrario non è costellata di errori, forse perché noi non abbiamo

dimenticato le nostre origini, come vedete anche noi abbiamo subito dei cambiamenti,

ora camminiamo eretti come voi umani ad esempio, abbiamo adottato una lingua e con

essa abbiamo sviluppato una certa inteligenza ma non vogliamo andare oltre a questo

perché semplicemente non è nella nostra natura, noi siamo "Torg" credo che nella

vostra lingua si dica felini, è nostra natura cacciare e pescare in libertà, non vogliamo

altro, il nostro mondo in origine era molto più rigoglioso di questo e noi regnavamo con

giustizia, rispetto e riguardo verso le altre razze." Disse Astoc

Urs lo raggiunse e continuò il discorso iniziato dal padre "Una notte le nostre vedette

avvistarono delle navi nel cielo, io ero un cucciolo all'epoca ma ricordo la

preoccupazione istintiva di mio padre e mia madre, ci nascondemmo in una grotta buia

e profonda, pieni di paura, non c'era modo di fermare quei mostri.

Sentimmo guaire la nostra razza come "Frik" Scusate, come conigli in trappola.

I leonidi guardiani ci intimarono di non fare nessun rumore, loro stessi avevano paura.

Fuori il nostro mondo bruciava.

Quando dopo sei lune i leonidi guardiani si arrischiarono ad uscire per cercare cibo si
trovarono a fare i conti con un mondo distrutto in cui non sarebbe cresciuto più niente
per anni e anni e videro in lontananza la causa di quel massacro, bestie immonde
scavavano buchi nelle montagne, erano enormi, gonfi e orribili parassiti.
Solo qualche tempo fa abbiamo appreso la causa della fine della nostra razza, le orde
delle navi nere distruggono i mondi che incontrano nel loro cammino in cerca di un
metallo raro, quello che voi chiamate oro e so che anche da voi era prezioso, serve per
alimentare i motori delle navi nere di Ussum, figlio del male nato da una "Crag" Disse
sprezzante "Crag/cagna"
Ci rintanammo nella grotta e affrontammo la fame e la sete finchè un giorno quelle
orribili bestie così come erano apparse scomparirono, quando avevamo ormai perso la
speranza vedemmo la nave degli Antichi oscurare il cielo e da essa vedemmo scendere
un essere di luce che scelse Loria, una di noi, per guidarci alla salvezza, attraverso lei
l'essere di luce ci parlò rassicurandoci, proponendoci una nuova vita in un nuovo
mondo, eravamo stanchi, quasi in fin di vita, non avevamo più nulla da perdere così
andammo con lei, e ora eccoci qui con voi, in questo mondo strano in continua
evoluzione, questa è la nostra storia in breve e Sion, Maurg e Groar sono coloro che ci
hanno protetto e tenuto al sicuro."
La parola passò nuovamente a Sion: "Il coraggio di ammettere i propri errori è una
qualità essenziale di un popolo per imparare a capire il significato del valore della vita,

apprezzo la vostra compagnia, è stata una bella serata, abbiamo mangiato conversato e

bevuto insieme, credo che possa essere un buon inizio per una alleanza duratura,

domani cominceremo a collaborare per rinforzare il "Ponte della verità" So che avete

persone valide a questo compito qui al campo, collaboreremo insieme affinchè possiate

recarvi in città quando vorrete e dite un pò, non sarebbe possibile insegnarci a produrre

questo nettare?" Disse Sion con un sorriso, il primo vero sorriso che si concesse dopo

anni e anni di assoluta serietà, i sei del consiglio scoppiarono in una gran risata mentre

Maurg e Groar guardavano stupiti il loro mentore senza accorgersi del loro sorriso che

lentamente affiorava da un dolore immenso, Leonard disse: "Sarà un onore insegnarvi

un pò di arte, una capacità solo umana" Disse Omar.

Dopo i saluti di rito i leonidi si ritirarono, la festa continuò con canti e balli, John e

Gloria erano al settimo cielo, John era diventato un orso come il padre e aveva una

schiera di ragazze che le facevano il filo, Gloria poi era super gettonata dai ragazzi, era

bellissima come la madre, aveva anche lo stesso caratterino ma aveva un cuore buono e

generoso, avrebbe insegnato a scuola e lavorato in infermeria seguendo le sue tracce,

aveva mani piccole e delicate ma sapeva anche lottare, così come John, Emma e Omar

li avevano addestrati nell'arte della guerra, fuori dalle mura poteva esserci qualsiasi

pericolo, avrebbero dovuto essere pronti a qualsiasi evenienza, così come tutti i ragazzi

della comunità, gli allenamenti si svolgevano ogni giorno al mattino capitanati da

Emma mentre nel pomeriggio i ragazzi più grandi svolgevano e nel mentre imparavano l'arte del lavoro agricolo.

L'indomani come promesso 12 leonidi si presentarono ad Omar in aiuto per

cominciare la ristrutturazione del ponte di vetro che portava alla città, non era una cosa

semplice.

A quell'incontro parteciparono anche Omar e Roman insieme ai due ingenieri della

radura, umani e leonidi stesero un progetto semplice decidendo di puntellare la vecchia

struttura di vetro per sfruttarla senza distruggerla.

Il ponte di legno che nacque si fuse nell'architettura con il vecchio ponte in vetro

creando un'opera d'arte che fu inaugurata in pompa magna da Sion e Omar a cui

partecipò tutto il popolo leonida e tutta la comunità riunita.

Il primo ad avere l'onore di attraversarlo fu Sion con i suoi due consiglieri che

incontrarono Leonard Roman e Omar esattamente a metà del ponte dove si godeva di

una vista paradisiaca di Xedoria, fu un momento di grande festa e di abbracci per tutti,

soprattutto per i leonidi che finalmente misero da parte il loro dolore per rinascere…

La sera ci fu poi una gran festa a palazzo che durò tutta la notte, gli umani e i leonidi

cominciarono ad accettarsi, ora che erano allo stesso piano.

(Nuove scoperte)

Mancava una settimana alla grande caccia quando finalmente tutta la comunità fu

libera di circolare in città grazie al nuovo ponte, il problema era che non c'era nessuna

indicazione della direzione di quelle navi, il silenzio di quella città incuteva timore ma

l'aria era pulita, un aria di montagna benefica e fredda, i sei del consiglio furono i primi

a girare per la città su quelle navette aliene e silenziose che portavano solo ad altri
 piazzali, ad altre celle e ad altri palazzi chiusi, ovunque andassero e dovunque
 portassero quelle navi aliene sembrava fungessero da principale collegamento per il
 popolo che aveva abitato quella città spettrale, solo dopo qualche tempo tracciando i
 tragitti furono in grado di disegnare una mappa approssimativa della Città Eterna e
trammite quella Roman e Isabel scoprirono una coincidenza sconosciuta che li portò
ad una specie di torre panoramica altissima.

   Quando scesero dalla nave il vento prese a sferzarli, un vento caldo e impettuoso, la
vista era paradisiaca, da lassù tutta la città si stendeva ai loro piedi, da lassù potevano
vedere all'orizzonte la curvatura di quel mondo formato principalmente dalle acque.
 Da lì ai confini di quell'orizzonte si intravvedeva "Nuova terra" Inesplorata e selvaggia.

   Gli senbrava di essere in cima al mondo, si abbracciarono felici, la vita ricominciava.

   (La grande caccia)

   Omar diede a Emma il compito di scegliere i loro cacciatori, l'ordine era quello di
 uccidere solo animali anziani in una certa quantità, non più di duecento capi.

   Emma scelse Patricia e Aaron insieme a Dylan, Giacob, Logan, Omar e Roman.
A loro si unirono Astoc, Urs e altri cinque leonidi, sarebbero partiti all'alba del giorno
 dopo la nuova settima luna.

   Gli umani tentarono da subito di tenere il passo con i cacciatori leonidi ma solo
Roman Omar ed Emma ci riuscivano, correre in mezzo a quella fitta e strana

vegetazione era di una difficoltà estrema e ben presto Patricia, Giocob, Logan, Dylane

e Aaron persero terreno, i cacciatori Leonidi li guardavano con diffidenza, Aaron e

Logan avevano il fiatone ma nessuno mollava la corsa, la strada era lunga e impervia e

il passo che attraversava le montagne in certi tratti era ripido e incerto, Astoc e Urs

insieme a Roman ed Emma erano alla loro guida, Astoc stava spiegando a Roman le

caratteristiche delle loro prede.

"I Grog sono gli unici animali che ci è stato concesso di cacciare, questo perchè la loro

riproduzione è veloce, una femmina può partorire dai tre ai quattro cuccioli, i maschi

sono neri mentre le femmine hanno il pelo rossiccio, noi prendiamo solo i grigi, sono

quelli più anziani, badate di non uccidere le giovani femmine o i loro cuccioli, questo e

il compito che ci è stato comandato dal sacro consiglio degli Antichi, noi controlliamo

le mandrie e il loro numero, se non lo facessimo i Grog divorerebbero ogni forma di

vita su questa terra come vi è già stato spiegato, sono carnivori della peggior specie,

insidiosi, la loro pelle e dura da perforare, l'unico punto debole e il collo, e lì che

bisogna colpirli ma solo dopo aver isolato la preda, se il branco caricasse d'insieme non

ci sarebbe nulla da fare se non aspettare una morte strazziante fra le loro fauci, il nostro

compito è quello di sfoltire il branco eliminando solo gli animali vecchi o malati"

"Sulla terra i governi riuniti sotto l'ordine mondiale usavavano questa tecnica per

eliminare le fasce deboli della popolazione globale, lo chiamavano "Sfoltimento di

gregge"

"Da quello che mi hai raccontato mi pare di capire che il vostro mondo fosse molto
crudele"

"Hai ragione Astoc, amico mio ma fortunatamente noi siamo sopravissuti e abbiamo
imparato la lezione" Disse Roman, Astoc gli piaceva, era un piacere parlare con lui, si
erano raccontati molte cose in occasione della festa tenuta per il nuovo ponte, era
simpatico e sincero e ascoltava Roman con molta calma riflettendo su ciò che le
confidava, al contrario Astoc aveva una visione del mondo estremamente semplice,
puro istinto, caccia, cibo e accoppiamento ma anche gioco e amore.

"Dimmi, che tattica usate per isolare le prede?"

"Grazie all'istinto di conservazione della specie che hanno tutti gli animali che vivono
in branco.

Alla nostra venuta abbiamo dovuto confrontarci con il branco dei Grog e molti di noi
sono caduti a morte ma alla fine abbiamo dimostrato la nostra superiorità come
cacciatori e carnivori, loro sanno che arriveremo così come sanno di essere costretti ad
indietreggiare per permetterci la caccia, i Grog anziani vivono al limitare della mandria
e quando il branco ci vedrà tenderà ad isolare le nostre prede per proteggere i loro
piccoli, i miei guardiani terranno lontano il branco mentre noi cacceremo, sapete
lanciare in corsa?"

"Io non lancio, ho la mia tecnica" Disse Roman
Astoc lo guardò stupito poi disse: "Non vedo l'ora di vederla"

"I tuoi cacciatori?"
"Non ti deluderemo Astoc" Disse Roman

"La tua parola mi basta" Disse Astoc
"Fate attenzione, anche se anziani i Grog sono pericolosi e imprevedibili, non fateli

avvicinare per nessun motivo, un loro morso può uccidervi dilaniandovi come sapete,

la nostra fortuna e la loro lentezza, sono grossi e pesanti ma un buon tiro di lancia al

collo può sistemare la questione"

Ad un certo punto sbucarono in una radura e si accamparono per la notte, faceva

freddo lassù ma lo spettacolo del tramonto dei due soli su quelle altissime montagne li

ripagò di tutta la fatica intrappresa per arrivare lì, il mattino dopo si sarebbero rimessi

in marcia di buon'ora per raggiungere il secondo avamposto.

Quando finalmente arrivarono alla loro destinazione li accolse il comandante della

guardia che si presentò come Red il rosso, nomignolo a lui affibbiato dai suoi soldati per

il colore della sua criniera, la sua stretta era forte e il suo tono cordiale e incredibilmente

sorrideva…

"Felice di vedervi e felice di conoscerti sterminatore di Crock "Granchio"

"Vedo che le notizie volano" Disse Roman

"Non te la prendere Roman, qui da noi la vita e monotona, i vecchi della nostra specie

sono profondamente attaccati alle loro tradizioni e temono i cambiamenti, la vostra

venuta e la nostra alleanza fra popoli diversi secondo me può essere produttiva, nei

mesi del grande inverno si è fatto un gran parlare di voi e delle tue gesta, sei un umano

coraggioso così come i tuoi compagni"

"Siamo felici che la pensiate così e siamo felici di conoscervi capitano Red" Disse

Omar

"Il piacere è mio, venite, c'è una persona che vi aspetta"

Il capitano Red li accompagnò attraverso una solida passatoia che li portò in una torre

circolare, li un'ampia vetrata permetteva la vista dell'immensa radura sottostante che si

estendeva per miglia e miglia prima di perdersi nei boschi, la mandria dei Grog era
radunata in prossimità di un piccolo lago verde azzurro.
   Erano enormi, molto più grossi dei bufali, dei grossi denti le spuntavano ai lati del
muso, due maschi stavano lottando, forse per una femmina o per qualche sfida, Emma
era affascinata dalla loro lotta spietata e senza esclusione di colpi, uno di loro aveva un
manto nero e lucido l'altro era quasi grigio.
"Quello grigio e probabilmente il capobranco attuale, quello nero è quello che anbisce
alla carica, chi vincerà guiderà il branco e avrà le femmine migliori" Disse Astoc ad
Emma.
Fu questione di pochi minuti poi il grigio fu lento in una contromossa e il nero lo
addentò al collo staccandole di netto la testa, il sangue scuro macchiò la terra e il grigio
stramazzò a terra spruzzando sangue dal collo, il nero le si avvicinò e cominciò a
mangiarlo strappandogli brani di carne e masticando con soddisfazione, quando poi fu
sazio lasciò il resto ai suoi compagni che si buttarono avidamente sul cibo.
   "Domani inizierà la grande caccia, le prede andranno portate nel salone della guardia
dove saranno selezionate dopo di che le prede saranno trasportate in città con le navette
cargo nel più breve tempo possibile, le pelli saranno conciate e buona parte della carne
sarà messa ad esiccare per il lungo inverno mentre altre saranno macellate e congelate
nelle celle frigorifere costruite dal popolo della Città Eterna, fate attenzione, come
avete visto sono veloci e pericolosi." Disse Red il rosso
   In quel mentre apparve Leonard
   "Buona sorte amici miei"

"Leonard, vecchio pazzo, a cosa dobbiamo l'onore della tua presenza?" Disse Omar

"Sapete bene che la caccia mi appassiona quindi eccomi qui con voi, come ai vecchi

tempi, ci tenevo"

Quella notte cenarono intorno al fuoco con grande fastidio dei leonidi a cui il fuoco

non piaceva per istinto ma Astoc spiegò anche alle guardie dell'avamposto che gli

umani avevano imparato a domarlo rassicurandoli che non si sarebbe esteso.

Anche le guardie dell'avamposto non comprendevano l'usanza umana di cuocere la

carne prima di mangiarla ma quando Astoc insieme a Leonard gli portarono due grossi

vassoi pieni di carne alla brace per un assaggio cambiarono idea degustando quei pezzi

di carne calda arrostita con sempre più ingordigia e ne chiesero ancora, assaggiarono la

loro birra di grano e la tracannarono alacremente come se fosse acqua.

Alla fine sazi e anche un pò alticci umani e leonidi riposarono insieme negli stessi

pagliericci fianco a fianco e la mattina di buon'ora Red il rosso diede il via alla caccia.

Quando il branco dei Grog li vide arrivare si raggruppò in difesa dei cuccioli mentre i

capi più anziani riconoscibili da un manto grigio bianco venivano isolati dal resto della

mandria dai leonidi cacciatori con i loro ruggiti possenti.

I grigi capirono che quello era il momento di correre per la loro vita e cominciarono a

galoppare in gruppo sempre più terrorizzati dai ruggiti dei cacciatori.

Roman e Astoc furono i primi a partire al loro inseguimento, Astoc era curioso di

scoprire che tecnica adottasse Roman, era veloce, quasi più veloce di lui, Roman affiancò il Grog più vicino, gli montò in groppa e fece partire il suo pugno che centrò

il testone di quel bestione, il Grog stramazzò a terra, Roman accompagnò la caduta con

una capriola e un attimo dopo era già in sella alla seconda preda, con questa tecnica

riuscì ad abbatterne quattro nel giro di qualche ora, Astoc conficcò la lancia nel terreno

e ritornò il leone che era, seguì Roman e fece esattamente come lui, affiancò la preda,

le montò sopra con un balzo e morse strattonando il collo del Grog che intanto urlava in

preda alla paura prima di stramazzare nella polvere.

Roman intanto era in groppa alla quinta preda e stava per finirla quando il Grog con

uno scarto lo anticipò e riuscì a chiudere quelle fauci impossibili sul braccio di Roman

disarcionandolo per poi scuoterlo come un fuscello trascinandolo con lui nella sua folle

corsa, se Roman fosse stato umano avrebbe perso il braccio all'istante.

Il morso del Grog era micidiale, trascinò Roman per una decina di metri prima che

Roman potesse reagire poi fu questione di attimo, Roman piantò i piedi a terra, prese il

testone del Grog e facendosi leva con la schiena lo sollevò e lo scaraventò a terra in

corsa decretandone la fine, quella mossa sarebbe stato l'argomento preferito dei ragazzi

della radura la sera intorno al fuoco, anche i ragazzi leonidi che come tutti i ragazzi

avevano voglia di conoscere finalmente i loro coetanei umani ne avrebbero parlato.

Nella prima mattinata di caccia la squadra di Astoc composta da Roman Leonard e

Urs riuscirono ad abbattere 15 capi.

Alla fine della prima giornata di caccia i due gruppi erano riusciti insieme ad abbattere venticinque capi, un record, considerato che normalmente il massimo di capì

abbattuto dai leonidi era di dieci/quindici capi al giorno, un giorno lungo considerato

che i due soli di Xedoria sorgevano alle quattro del mattino e tramontavano a

mezzanotte.

Nei sei mesi della lunga estate non pioveva mai e il calore rendeva la terra quasi arida,

di giorno le temperature salivano a dismisura oltre i 50 gradi e a volte di notte

scendevano in ugual misura fino a quaranta gradi sotto lo zero per l'influenza della

grande luna nera che nella notte si avvicinava incombendo su quel piccolo mondo in

evoluzione.

Quella sera ci fu una grande festa all'avamposto in cui umani e leonidi ebbero

occasione di parlare di tante cose.

I leonidi erano stati portati in quel mondo da quaranta giri di luna che equivalevano a

poco più di quattro anni terrestri e si erano ambientati ormai in quello strano mondo nei

limiti del possibile e ubbidivano fermamente al volere degli antichi.

"Allora, Roman della terra, ti abbiamo visto all'opera, sei l'eroe del giorno, sei

diverso dagli altri umani." Disse Astoc

"Oh, Roman ci è abituato, sulla terra era lui il nostro eroe di ferro, sembra che non ne

possa fare a meno" Disse Leonard

"Piantala vecchio pazzo o gli racconterò qualche simpatico aneddoto della tua

avventura terrestre, tipo quella volta che sei rimasto appeso in mutande…" Disse

Roman

"Va bene, va bene, cambierò discorso, non posso permettermi queste figure"

"Oh, sentilo, chiediamo umilmente venia signor ambasciatore supremo" Disse Omar

"A me interessa la storia" Disse Crio figlio di Rorc
"Anche a me" Disse Urs figlio di Astoc strizzando l'occhio a Roman, cominciava a
capire l'umorismo umano e la sua complicità.
"E va bene, se volete sentirla però la racconterò io" Disse Leonard
Omar e Roman si guardarono sorridendo, così come fecero Patricia, Aaron, Logan, Emma
Dylan e Isabel, quella sera Leonard era il buon vecchio Leonard, cacciatore e avventuriero.
"Dunque, io e la mia squadra eravamo in avascoperta, in cerca di cibo per i nostri
fratelli quando ad un certo punto fummo attratti da un magazzino che poteva contenere
quello che stavamo cercando, io Roman e Omar fummo i primi a scendere le rampe che
portavano nei sotterranei di quell'edificio.
Avvanzammo compatti proteggendosi le spalle a vicenda e una volta entrati ci
trovammo davanti agli occhi uno spettacolo dell'orrido.
Come già sapete la nostra follia aveva prodotto mostri assurdi che popolavano ormai
la nostra terra e quel sotterraneo ne era pieno.
Erano incubi, correvano in ogni dove, grossi come Grog, pericolosi e inquietanti,
perfino Roman era teso"
Roman che già stava per scoppiare a ridere spalleggiato da Omar proruppe in in
esclamazione…
"Oh si, tremavo dalla paura, anche Omar se la faceva sotto, l'unico che non ne aveva
era il qui presente capitano di vascello" Dopo di che Patricia guardandoli scoppiò a
ridere non potendo più trattenersi accendendo il cerino che liberò la risata di tutti,
soprattutto vedendo la faccia stralunata dei leonidi presenti che si stavano
probabilmente chiedendo se quel gruppo di umani non stesse impazzendo.

Leonard comunicò mentalmente a tutti loro di non tradirlo, le chiese di reggerle la

candela e lo sentirono tutti, leonidi esclusi.

"Non preoccuparti Astoc" Disse Leonard "Noi umani abbiamo un senso

dell'umorismo che voi dovete ancora sviluppare"

"Cos'è l'umorismo?" Chiese Crio

"Una dote umana strana e bizzarra che però fa parte della nostra natura" Disse Emma

"Capisco" Disse Crio confuso

"Dunque, dove ero rimasto? A si, eravamo davanti a orde intere di quei mostri, la

nostra fortuna fu che erano ciechi, nati nel buio e vissuti nel buio con lunghe antenne ai

lati del muso forse per riconoscere la propria specie, il loro odore era micidiale.

Avanzammo in fila indiana verso il nostro obbiettivo in silenzio, quasi sfiorando

quelle bestie orribili che si aprivano al nostro passaggio come una tenda nera,

apparentemente innoqui quando una di loro mi attaccò, venne verso di me muovendo in

fretta le sue otto zampe setose, emettendo uno strano verso e agitando le fauci in un

digrignar di denti, io mi mossi svelto e quando fu vicina con un balzo le saltai sopra il

groppone, una tecnica che ho imparato da Roman, piantai i piedi nei suoi fianchi e

cominciai a tempestarla di colpi con il mio coltello ma mi resi conto in fretta che

riuscivo a malapena a scalfire la sua corazza.

La bestia camminò sulla parete e poi restò appesa al soffitto tentando di disarcionarmi.

Ad un tratto dovetti mollare la presa e mi sarei schiantato per terra se non fosse stato

per Roman e Omar che mi presero al volo e mi portarono in salvo fuori da quel nido di

mostri."

"È una bella storia" Disse alla fine Astoc mentre Patricia e Emma si erano allontanate
 per non offendere i leonidi, non riuscivano a smettere di ridere, dove finiva una
 cominciava l'altra, chissà se Leonard aveva conservato quei boxer gialli a puà viola…
o erano bianchi a puà rossi?
 "Ora beviamo" Disse Leonard grato e contento di vedere quei sorrisi, quei due popoli
 sarebbero diventati un unico popolo con pochissime limitazioni e molte sorprese.
 "Caro Astoc, caro Urs figlio di Astoc, caro Crio figlio di Rorc, caro Omar della terra e
 caro Roman della terra, cara Isabel, cara Emma e fratelli tutti, sono contento di essere
 stato con voi questa sera, beviamo al futuro, alla libertà di essere, alla libertà di parola
 ed espressione, brindiamo per amore della vita e della compagnia, brindiamo per la
 vostra fratellanza e per i vostri sforzi, che la vostra unione sia di buon auspicio nel
 pieno rispetto del volere degli antichi.
 Astoc, questa sera tu e i tuoi cacciatori avrete l'onore di assaggiare il mio famoso
 elisir di felicità, un elisir per guerrieri come voi, ve lo siete meritato."
 Distribuì a tutti i suoi famosi bicchierini di latta ammaccati e vecchi come Noè e li
 riempì con del liquido verde ambrato.
 Nelle mani munite di micidiali artigli dei leonidi quel bicchierino scompariva
 letteralmente mentre gli umani li osservavano attentamente, non si poteva mai sapere
 che effetto facessero gli intrugli di Leonard ma già pregustavano la sorpresa, i leonidi si
 erano dimostrati dei gran bevitori di birra ma avrebbero retto il confronto con qualcosa
 di molto più forte e particolare?

"A noi" Disse Leonard e tutti buttarono giù quel liquido ambrato in un attimo.
 Era un infuso di erbe leggermente alcolico, composto e arricchito da quelle spezie e
quelle muffe particolari che solo Leonard poteva trovare, raccolte nei vari mondi che
aveva visitato e coltivate personalmente.
 I leonidi gustarono l'infuso degustandolo fra le fauci e pochi minuti dopo
ridiventarono cuccioli, fu un fenomeno strano, subito dopo aver bevuto il loro sorriso
fiorì, proprio così, Red il rosso e Astoc ora si davano gran pacche sulle spalle ridendo a
crepapelle per il comportamento di Crio e Urs sdraiati sulla schiena con le zampe
all'aria, la lingua a penzoloni e la coda che si muoveva pigra, completamente assorti da
quelle stelle viola splendenti in quel cielo impossibile che le infondevano speranza e
felicità in quella sera così particolare, Red il rosso rideva di gusto, mai aveva provato
una tale felicità, si associò a Roman e Omar che si stavano sganasciando di risate e fu
uno spettacolo, il primo contatto fra due popoli totalmente diversi, Leonard vide tutto
questo e benedì la loro unione, tempi bui stavano arrivando, tempi di cambiamento e
tempi di coraggio, tempi di paura e tempi di morte ma per ora la felicità regnava, il suo
piccolo aiuto aveva funzionato "Un passo alla volta".

(John e Gloria)

John e Gloria erano molto legati, erano cresciuti come fratelli pur senza avere nessuna
parentela e avrebbero dato la vita uno per l'altro, ora avevano quasi vent'anni e

scoppiavano di salute.

La lunga estate stava finendo e a breve si sarebbero di nuovo rintanati nelle case per

l'inverno ma quella sera alla radura i giovani umani avevano organizzato una piccola

festa attorno ad un falò a cui avrebbero partecipato anche i ragazzi leonidi, era un modo

per fare amicizia, per confrontarsi, era stata un'idea di Gloria ed era sempre stata lei ad

organizzare quell'incontro dopo averne parlato con Crio e Urs che le risposero che era

un'ottima idea e fu una bella serata.

Mangiarono e bevvero insieme e parlarono di milioni di cose mentre l'odore della

carne e del pesce alla brace si alzava nel vento stimolando i loro apetiti, la birra di

grano si stillava direttamente dalle botti che avevano costruito i mastri birrai della

radura e ora i ragazzi leonidi erano molto meno titubanti nei loro confronti, i più piccoli

giocavano a rincorrersi dappertutto.

John non pensava spesso all'amore, non sapeva cosa era e quando Gloria gliene

parlava John tendeva sempre a sviare il discorso, non voleva ammettere che era molto

timido riguardo al sesso opposto, per orgoglio continuava a sostenere di non essere

interessato all'argomento al momento, voleva diventare come suo padre che adorava

come un Dio e si allenava continuamente quando non lavorava, diceva sempre a Gloria

che lui non aveva tempo per quelle sciocchezze femminili ma non aveva fatto i conti

con il proprio cuore e non sapeva che l'amore è cieco, l'amore non è un fatto esteriore,

è una certezza dell'anima e quando fiorisce i suoi petali danno colore a sentimenti

profondi e fu proprio quella sera che John si innamorò, successe così, per caso.

Vide Urs venire verso di lui con una leonida e il cuore di John cominciò a galoppare,

era bellissima, sembrava una regina, la sua criniera biondocenere le cadeva sulle spalle

come un manto solare, i suoi occhi erano di un verde smeraldo, accattivanti e sensuali,

affascinanti e ipnotizzanti, il suo portamento era semplicemente regale, vestita da una

semplice veste rossa che le cadeva sulle spalle con grazia.

"John, voglio presentarti una mia amica, lei e Tessa, figlia di Riord, Tessa…lui e John

della terra, figlio di Omar"

"Ti saluto, John della terra" e le porse la mano nel modo umano di salutare in segno di

rispetto

John all'inizio rimase come inebetito poi si rese conto che stava facendo una pessima

figura così si alzò e prese la sua mano perdendosi nei suoi occhi, non riusciva a

smettere di guardarla, lei se ne accorse e sorrise, le loro mani restarono unite e nel

silenzio di pochi attimi si dissero tutto quello che c'era da sapere, Urs sorrise a sua

volta per la reazione di John e per quell'inatteso sentimento da parte del suo amico

umano.

Dopo quell'attimo di smarrimento si sedettero insieme su di un tronco cavo usato

come panca, Tessa si sedette fra John e Urs e dopo un attimo di esitazione cominciò a

fare molte domande a John riguardo alla terra, alle loro abitudini, alla loro storia, John

la ascoltava rapito e tentava di rispondere alle sue molte domande con la massima

attenzione e sincerità, sapeva pesare le parole, lo aveva imparato da suo padre, Omar il

grande.

John era sicuro che la voce e il sorriso di Tessa lo avrebbero tormentato per tutta la

notte, ora mangiavano e bevevano molto vicini, quasi intimi, Urs capì che tra i due
stava nascendo qualcosa e cercò una scusa per lasciarli soli, personalmente lui non ci
vedeva niente di male nella loro unione ma si sbagliava.

(La convocazione)

Roman ricevette un messaggio mentale riservato, Leonard gli doveva parlare.
Si recò all'appuntamento chiedendosi il perché di tanto mistero, sentiva che qualcosa lo
turbava.
Leonard lo aspettava accanto alla sua nave da caccia avvolto nella sua solita tuta rossa
graduata, era atterrato nella grande piazza dinanzi alla porta della città, lo fece salire e
accomodare e si mise ai comandi.
"Andiamo fratello, avrai l'onore di incontrare Petroriurs, il gran maestro dell'ordine
degli antichi, è curioso di conoscerti, le tue gesta sono arrivate alle sue orecchie e credo
abbia una missione da affidarti, si umile e rispettoso al suo cospetto e inchinati così
come ti ho insegnato, per loro il tuo rispetto è dovuto come il loro per noi, aspetta che
sia lui a rivolgerti la parola e rispondi con totale sincerità alle sue domande, sono esseri
sopranaturali a cui non puoi mentire, leggono il tuo cuore e la tua mente come fossero
un libro aperto."
"Non ti deluderò papà" Buttò lì Roman e Leonard lo guardò sorridendo…
"E non chiamarmi papà di fronte a lui, l'umorismo umano è una caratteristica solo
vostra che non capirebbe."
"Certo papà." Rispose Roman
"Sai di che cosa si tratta?"

"Non spetta a me confidartelo, posso solo dirti che è una questione delicata ma non
preoccuparti, io sarò con te dovunque andrai."
"E dove dovrei andare?"
"Ecco vedi, ti ho già detto troppo."

(Gli Antichi)

La grande nave degli Antichi era ferma e immobile nello spazio al di là degli anelli di
Xedoria, enorme e maestosa li accolse nel suo gigantesco hangar.
Scesi dalla nave da caccia Leonard accompagnò Roman lungo un corridoio spazzioso
e rotondo composto di un materiale trasparente da cui Roman poteva ammirare le molte
stranezze di quell'arca dello spazio, non smetteva un attimo di guardarsi intorno, porte
mastodontiche si aprivano su enormi sale dove si intravvedevano stranezze di ogni tipo,
incomprensibili all'occhio umano, là dove gli Antichi stivavano e conservavano gli
esseri vitali e vegetali di altri mondi da ricollocare nelle molte colonie dove la vita
veniva preservata dal loro operato eterno e costante.
Il corridoio li portò ad una specie di sala d'accettazione dove molti fratelli di Leonard
erano indaffarati attorno a delle grosse rocce multicolori che sembravano avere una vita
propria, si allungavano per poi ricomporsi per poi allargarsi come se stessero
implodendo da un momento all'altro, i fratelli di Leonard le stavano chiudendo in
quelle strane teche di vetro che avevano visto anche nella sala delle piante carnivore.
"Quelle che vedi sono le uniche forme di vita ritrovate su una stella morta, i miei
fratelli se ne stanno occupando, studieranno il loro comportamento e se sarà benevolo

saranno ricollocate, lo spazio e pieno di cose da scoprire e da studiare, gli Antichi sono

appassionati alla ricerca scientifica di ogni fonte di vita ritrovata nei loro viaggi

interstellari per poi ricrearla nelle loro colonie adatte allo sviluppo di certe forme

di vita animali o vegetali positive.”

“Stupefacente, incredibile, non avrei mai pensato di poter ammirare un tale

spettacolo, qui è tutto enorme, quanto è grande questa nave stellare?”

“Oh…per darti un idea di misura terrestre direi come 820 campi da calcio per

estensione e 280 campi in altezza.”

“Bella grossa direi, è praticamente una città galleggiante…” Disse Roman

“Io la trovo magnifica, questa nave sembra dotata di vita propria e non esagero a

pensare che abbia anche un’anima, qui il male non esiste, esiste solo la vita, la sacra

vita.

Hai altre domande prima di presentarti davanti ai sommi Antichi?” Chiese Leonard

“No, sono pronto, andiamo, non vedo l’ora di conoscerli.”

“Siamo arrivati.”

La sala che li accolse era spettacolare, sette troni altissimi erano disposti in

semicerchio sotto la vetrata immensa da cui si poteva ammirare lo spazio intero.

Leonard e Roman si fermarono davanti alle guardie imperiali che li annunciarono al

gran consiglio degli antichi.

Non appena li vide ne rimase colpito, ai suoi occhi sembravano delle sculture

animate, erano vestiti di lunghe tuniche azzurre coperte da mantelli bianchi a collo alto,

la loro pelle era grigia e rugosa, elefantesca, erano dannatamente anziani ma erano loro, gli Atlantidei e all'improvviso le parve di vedere molto chiaro, ebbe una precisa

intuizione, quella nave era Atlantia, la capo ammiraglia della flotta di Atlantide, la cui

leggenda non aveva mai avuto riscontri ma solo sopposizioni.

Il loro aspetto andava al di là dell'immortalità e nonostante ciò il loro portamento era

eretto autorevole e saggio, le loro facce erano larghe, a forma di conchiglia e si

muovevano lentamente con gesti larghi e aggrazziati, i loro occhi erano pozzi neri,

Leonard e Roman si inchinarono al loro cospetto e aspettarono che gli Dei

parlassero…

"Benvenuti nella sala del gran consiglio, io sono Petroriurs, primo consigliere

supremo della galassia conosciuta, puoi alzare la testa Roman della terra e anche tu

ambasciatore Leonard, siete autorizzati a partecipare a questa riunione del consiglio, ti

abbiamo convocato perché abbiamo ricevuto un segnale dal vostro pianeta, noi

pensavamo che fosse perduto dato il suo deterioramento ma uno dei fratelli di Leonard

ci ha comunicato di avere ricevuto un segnale di speranza, sembra che il vostro pianeta

di origine si stia risvegliando e questo ci ha stupito, nessun pianeta cosi vicino alla sua

autodistruzione ha avuto una ripresa alla vita, a nuove vite. A questo proposito abbiamo deciso di affidare a Leonard una missione di esplorazione

e lui ha richiesto il vostro coivolgimento, che ne pensi Roman della Terrra?"

"Son molto onorato di essere al vostro cospetto Pretoriurs, a nome mio e di tutta la comunità

vi esprimo tutta la nostra gratitudine per la nuova vita che ci avete donato. Quando ci avete salvato il nostro popolo era destinato all'estinzione e il nostro pianeta era spacciato a causa degli sversamenti di uranio e plutonio dalle centrali nucleari

distrutte nella grande guerra, nessuno può essere sopravvissuto a quel disastro globale,

sono passati solo due anni terrestri dal nostro arrivo a Xedoria, non può essere…"

Pretoriurs alzò una mano e Roman si zittì…

"Devi sapere umano che il tempo qui a Xedoria è piegato, in realtà sulla terra sono

passati due secoli terrestri nei quali il vostro mondo a seguito innumerevoli mutazioni

genetiche e ambientali preservando comunque la vita, forse un giorno potrete tornare ad

abitarla e magari questa volta a rispettarla per questo motivo ho chiesto al nostro

ambasciatore di verificare la provenienza di questo segnale che può essere stato inviato

solo da uno dei suoi fratelli Ivoriani e lui ha accettato ad una condizione, ci ha chiesto di

coinvolgere il vostro consiglio in questo viaggio, vi considera la squadra migliore che

lui abbia mai avuto."

Roman guardò Leonard che le fece occhietto occhietto.

Roman sorrise e disse: "Sono molto onorato della sua e della vostra considerazione,

sono stato un soldato e so cosa significa l'obbedienza e se questa è una buona causa

allora avrete entrambi la nostra fedeltà e il mio profondo rispetto, se questo e quello che

comandate noi obbediremo, ci avete salvato come razza anche se non lo meritavamo

ma vi assicuro che c'è del buono in noi, non tradiremo la vostra fiducia, avviserò

stasera stessa i sei del consiglio e partiremo non appena l'ambasciatore Leonard sarà

pronto, a nome di tutta la comunità io vi ringrazio per averci dato la possibilità

di continuare ad esistere."

Detto questo si propose in un profondo e riverente inchinò riconoscendo in loro
 quello che erano, degli Dei.

Così fece anche Leonard e di nuovo attesero, Roman si sentiva frugare il corpo e la
 mente dalla loro sottile indagine telepatica poi gli antichi parlarono tutti e sette in
 un'unica voce…

"Andate ora, avete la nostra fiducia e la nostra benedizione, la nostra missione e
 preservare la vita nelle nostre colonie senza le quali nei molti universi conosciuti ci
 sarebbe solo un buio infinito, un eterno buco nero senza vita."

Leonard e Roman si girarono e ripercorsero il corridoio trasparente che li avrebbe
 riportati all'hangar e alla nave di Leonard.

"Allora socio, che ne dici di questa storia, pensi davvero che qualcuno possa essere
 sopravissuto sulla terra?" Disse Leonard

"Beh, qualcuno che sembra essere un tuo fratello ha inviato quel segnale ma potrebbe
 essere stato costretto ad inviarlo, da qualcuno, da qualcosa…"

"Nessun problema fratello, come hai sentito ho con me la squadra migliore, di cosa
 mai dovremmo aver paura?"

"Con chi sto parlando, con il mio vecchio Leonard o con l'ambasciatore di ogni
 dove?"

"Credo con tutti e due, sto lentamente digerendo l'umorismo del vecchio Leonard
 cercando di renderlo compatibile con il mio ben più importante ruolo di primo
 ambasciatore di tutti i mondi conosciuti, credimi, è una grossa responsabilità, un
 grosso fardello da portarmi sulle spalle, gli Antichi si fidano del mio giudizio, sanno
 che con i miei rapporti potrei influenzare le loro decisioni, ossia quelle di salvare o di

condannare interi popoli e intere forme di vita animale e vegetale al loro crudele
 destino."

"Capisco, disse Roman ma io continuo a preferire la versione vecchio Leonard"
"Pensi che Omar e gli altri possano essere d'accordo con questa mia richiesta?"
"Penso che non sarà affatto un problema…"

(John e Tessa)

John non aveva più dormito da quella sera della festa, pensava a lei continuamente,
 aveva qualcosa di diverso rispetto alle ragazze che frequentava nei ritagli del suo
 tempo, il fatto stesso che avesse una coda non lo disturbava minimamente, si era perso
 in quegli occhi straordinariamente sensuali e affascinanti… "Tessa" il suo nome
 confondeva i suoi pensieri, avevano parlato fino a notte inoltrata sotto quelle bellissime
 stelle viola in una serata che sembrava magica, si sentiva profondamente attratto da lei
 come non le era mai successo.
 La incontrò un mattino mentre girovagava fra la gente leonida, loro lo tolleravano e
 lo rispettavano ma erano comunque leoni, con tanto di zanne e denti poi la vide insieme
 a delle amiche, le ci volle tutto il coraggio disponibile per avvicinarsi a loro,
 fortunatamente Tessa lo vide e gli sorrise, quattro sguardi leonini si girarono a
 guardarlo e John si senti rimpicciolire, tutto il suo io gli urlava di fare dietrofront e di
 abbandonare il campo elegantemente ma Tessa le venne incontro.
 "John della terra, cosa fai fra di noi, cercavi qualcuno?"
"io…si hai ragione, cercavo te, mi sono trovato molto bene con te alla festa e mi
 chiedevo se potevamo fare due passi insieme, se per te va bene"

"E io mi chiedevo quando lo avresti fatto, nel mio branco è il maschio che si deve
 proporre…"
"Questo vuol dire che farai due passi con me?"
 "Se è questo che chiedi e che desideri perché no?"
"Ne sono felice."
 "Anche io, aspettami, saluto le mie amiche e poi andiamo"
"Ti aspetto qui." Disse John senza fiato e con le gambe tremanti…
 Quel pomeriggio diventò sera e quella sera la grande luna assistette al loro particolare
 rapporto che fu intenso e anche pericoloso, il loro accoppiamento segnò l'inizio
 dell'evoluzione umana verso uno scalino successivo, le loro differenze non furono un
 problema e John dopo quella sera non fu più lo stesso, Gloria se ne accorse dai graffi
 che John aveva in tutto il corpo e che portava con orgoglio, sembrava essere stato
 aggredito da un branco di gatti incazzati neri.
 Successe qualche giorno dopo quando gloria entrò come al solito senza bussare
 nonostante il fratello gli avesse detto e stra detto di bussare prima di entrare, lo trovò in
mutande seduto sul letto, insonnolito e con uno sguardo sognante…
 "Sveglia dormiglione…" Le disse entrando per poi fermarsi di colpo davanti alle sue
ferite d'amore…
 "Che accidenti ti è successo?"
Lui la guardò e Gloria si preparò alla solita scenata seguita da un inseguimento
con John che starnazzava improperi e lei che furba e lesta si rifugiava nel bagno chiamando i
 rinforzi ma questa volta John la stupì e stranamente sorrise, lui che per tutta la sua
 esistenza si era alzato brontolando come un orso risvegliato dal letargo.
 "John stai bene?" Le chiese Gloria
"Stupendamente"
 "Sei per caso caduto nei rovi?"

"No, che dici; ti sembro uno che casca nei rovi come un imbecille?"
Rispose con un
  altra domanda John sempre sorridendo…
  "Stai sorridendo." Gli fece notare Gloria
"Beh, che c'è di strano, dite sempre che sono particolarmente irritante appena mi
  sveglio, sto cambiando, anzi sono cambiato…"
  "Ho capito" Disse gloria "Una donna e riuscita ad incastrarti, devi assolutamente
  raccontarmi tutto, allora, chi è? Roxi? Amanda? Elois?"
  "Tessa…"
"Cosa? Ripeti un attimo, forse ho capito male…"
John la guardò con occhi sognanti…
  "Tessa"
"Di un pò, stai scherzando vero? Non è possibile mischiarci come razza, prima di
  frequentarvi avreste dovuto chiedere entrambi il permesso dei vostri consiglieri, lo sai
  perfettamente, oh mio Dio, ecco perche sei tutto graffiato, non mi dirai che avete fatto
sesso? Oh mio Dio, no, non dirmelo, non lo voglio sapere, sei nei guai orso Yoghi, tuo
padre ti fara un culo più nero di quello che hai."
  "Dici?" Disse John per niente preoccupato del suo deretano…
"Pronto! Terra chiama John, ascolta, non dirlo a nessuno e non fatevi vedere in
  pubblico, spero solo che tu non l'abbia gia resa gravida o la tua posizione peggiorerà di
  brutto fratello, è un consiglio, parlate di questa questione ai vostri consiglieri e
  rimettetevi alle loro decisioni, mi hai sentito John?"
John la guardò seriamente…
  "Ci penserò, te lo prometto sorellina…"
"Sorellina? Oh Cristo Santo, sei proprio andato."
  "Tu non capisci, è stato… si, è stato imprevisto, non so cosa ci ha preso, io lo amata
e lei ha amato me, è stato bello, strano, fantastico, non posso starle lontano"
  "Porca vacca! Ma allora fai sul serio?"

"Piantala di rompere, va bene parleremo con i rispettivi consigli ma qualunque

decisione prendano io e Tessa staremo assieme, lo so, lo sento, è il nostro destino e ora

esci da qui, quante volte ti ho detto di bussare prima di entrare!"

"Questo e il mio Orso Yoghi" Dopo di che fu investita dal cuscino di John che non

fece in tempo ad evitare.

"Mamma, John mi tira i cuscini…" Urlò Gloria

"JOHN LASCIA STARE TUA SORELLA!!" Disse Isabel dalla cucina al piano di

sotto…

John e gloria si guardarono e scoppiarono a ridere, ormai fra loro era un gioco

consolidato che doveva per forza finire con il richiamo di Isabel.

(La missione)

Il consiglio dei sei si riunì nella grande grotta della Radura Fenice la sera della

settima luna, toccò come sempre a Amos aprire la discussione.

Leonard gli aveva insegnato a schermare i pensieri, specie in quelle occasioni,

quando il consiglio doveva discutere questioni importanti.

Ne parlarono a voce come sempre avevano fatto anche se ora avevano la capacità di

comunicare mentalmente, così come faceva tutta la comunità, il rischio era quello di

perdere l'uso della parola, una neccessità del tutto umana.

"Apro ufficialmente la discussione e cedo la parola a Roman che vi spiegherà il

motivo di questa riunione in cui abbiamo molto da discutere…" Disse Padre Amos…

"Come tutti sapete ho avuto l'onore e il piacere di essere accolto dagli Antichi e sono

sicuro che siate curiosi di sapere come è andata, Isabel lo sa già perché ha curiosato nei

miei pensieri e sa anche quanto io sia meravigliato da questo incontro, il gran maestro

degli Antichi si chiama Petroriurs e mi ha trattato con la massima cortesia e gentilezza,
io credo che siano Atlantidei anche se non ho ancora affrontato questo discorso con
Leonard ma adesso sono quasi certo che la leggenda di Atlantide non fosse una
leggenda, forse erano davvero nascosti nei fondali del oceano pacifico ad una
profondità irraggiungibile per noi ma per ora sono solo sensazioni, vi dico questo
perché ho avuto delle visioni prima di incontrarli, la loro nave e mastodontica e
meravigliosa, sono quasi sicuro che il suo nome sia "Atlantia" ed è un immensa arca
spaziale piena di misteri come già sapete.

Gli antichi vegliano su di noi e spero che un giorno possiate conoscerli anche voi, gli
ho giurato fedeltà perché era dovuta, per averci donato la possibilità di esistere ancora
in questo nuovo e bellissimo strano mondo.

Il motivo per cui sono stato coinvolto ve lo spiegherà Leonard quando arriverà,
dovrebbe essere già con noi ma evidentemente ha avuto un contratempo."

In quel mentre Leonard varcò l'ingresso della grotta ed era in tutto e per tutto il
vecchio Leonard, il cacciatore.

"Amici, forse stasera sono fautore di buone notizie che riguardano la vostra terra,
sembra che uno dei miei fratelli sia ancora vivo e sia riuscito ha mandare un segnale di
aiuto che gli Antichi hanno intercettato pur essendo a miliardi di miglia dal vostro
pianeta.

Prima di tutto dovete sapere che il tempo qui a Xedoria è piegato come un foglio, per
voi sono passati all'incirca due anni ma sulla terra sono passati poco più di due secoli,

le previsioni degli Antichi erano state catastrofiche dato il suo deterioramento ma
 sembra che la terra invece di morire sia rinata.
 La nostra missione e solamente esplorativa, dobbiamo raccogliere dei campioni da
 analizzare e dobbiamo verificare se esiste ancora la possibilità che ci possa essere vita,
per questo dobbiamo rintracciare la fonte di questo segnale che solo uno dei miei fratelli
poteva inviare, io vorrei avervi con me in questa missione e spero che possiate essere
d'accordo in nome dei vecchi tempi."
 "Io e Omar siamo con te, lo sai" Disse Emma
"Anche io" Disse Brian
 "Io invece credo che per questa volta passerò la mano, sono diventato troppo vecchio
 per queste cose, e poi qualcuno del consiglio dovrà restare per amministrare e condurre
 la comunità." Disse Padre Amos, la sua barba bianca toccava quasi terra e per la
 comunità era un santo, era vestito con una lunga tunica bianca e portava ancora al collo
 la sua croce di legno in ricordo di Campo Due, li aveva tenuti insieme, li aveva
 curati, gli aveva dato speranza e gli aveva promesso un nuovo mondo dove vivere con
 sicurezza e dignità, aveva mantenuto le sue promesse e ora era venerato e rispettato, la
 sua parola era legge.
 "Verrò io con voi" Disse Isabel guardando Roman con quell'espressione che Roman
conosceva bene, sapeva che se avesse obbiettato lei avrebbe messo un paletto ad ogni
 sua obbiezione.
 "E sia" Disse Leonard "Partiremo fra tre lune, devo calcolare la rotta senza fare il
 minimo errore altrimenti potremo non fare mai più ritorno qui a Xedoria e in quel caso
 ci troveremo a vagare nello spazio alla deriva."

“Questo ci rassicura molto vecchio mio” Disse Roman
“Ho portato qualcosa per voi” Si chinò a frugare nel suo vecchio e magico zaino da cui
tirò fuori i soliti bicchierini di latta ammaccati e consunti, li distribuì e da una tasca
esterna tirò fuori una boccetta che conteneva un liquido rosa, ne versò un goccio in
ogni bicchierino e disse “ Sono onorato di avervi conosciuto, sono felice di essere
ancora in mezzo a voi e vi sono grato per avere accettato di rischiare la vostra vita in
questa missione, beviamo a noi e alla fortuna.”
   “Dobbiamo fidarci vecchio?”
“Coraggio” Disse Leonard
   Bevvero insieme e quel liquido rosa sciolse la loro tensione, donò loro un sorriso e un
benessere mentale e fisico mai provato in vita loro, si sentirono forti, veri, liberi, uniti
calmi e in pace con se stessi come non mai prima di allora.
   Si alzarono e si abbracciarono, erano una squadra, erano una famiglia, erano luce e
vita.

   (Omar e John)

   “Padre, hai un attimo per me?”
“E importante?”
   “Penso di si, o forse no, non per me ma forse per te può essere un problema”
“Cosa hai combinato”
   “Niente di grave” Rispose John che era sempre stato restio a confidarsi con il padre
anche se lo ammirava.
   “Io dico che se hai un proiettile in canna lo devi sparare senza pensarci se vuoi
eliminare il problema che ti sta logorando”
   “Non so se sia un problema ma Gloria ha insistito tanto, secondo lei tu mi farai un
culo più nero di quello che ho…”

“Sputa il rospo e lascia che ti dia un consiglio, lo sai che puoi parlarmi di qualsiasi
 cosa”
  “Il problema e che mi sono follemente innamorato e non riesco a pensare ad altro, è
 la prima volta che mi succede e non so come prenderla…”
  “E sarebbe questo il problema? Oh Gesù, non preoccuparti, l’amore non va pensato,
va vissuto, non è un problema ma una benedizione, Padre Amos ne parla
 continuamente, la conosco?”
  “Non credo, non fa parte della comunità, si chiama Tessa ed è una Leonida…”
A quel punto Omar si ammutolì, era vero, era un problema, nessuno dei sei del
 consiglio e nessuno del gran consiglio leonida aveva previsto che potesse nascere una
 relazione fra un umano e una leonida o viceversa, tanto meno un unione fisica, ognuno
 si accoppiava con la propria razza, era un tacito accordo di cui non avevano
 minimamente discusso alle varie riunioni tenute fra i due consigli:
  “Vi siete uniti, e così?”
Dopo un attimo di esitazione John rispose: “Cristo Santo, non è il caso di leggermi il
 cervello, è inutile mentirti, si, è successo così in fretta, io la amo e lei ama me, mi
 sembrava una cosa così naturale, ci stavamo già frequentando da un pò, in quel
 momento non ho pensato alla conseguenze e nemmeno lei, cosa devo fare?”
  “Per ora non dirlo a nessuno, ci devo pensare, ti chiedo anzi vi chiedo un pò di
 pazienza, al momento non dovete farvi vedere insieme almeno finchè non avrò parlato
 con Sion di questa faccenda, una faccenda piuttosto delicata, non ti farò il culo nero ma
devi imparare ad usare il cervello prima del cuore e di qualcos’altro. Posso parlare con lei?”

"Glielo chiederò" Disse John "In ogni caso noi staremo insieme, qualunque sia la
vostra decisione, e se per questo dovessimo essere esiliati io andrò con lei, al momento
è la cosa più importante della mia vita."

"Vedo che sei determinato, cercherò di aiutarti ma non ti nascondo la mia
preoccupazione nel caso doveste avere un figlio o una figlia, è un rapporto rischioso,
devi rendertene conto"

"Starò attento, e anche se fosse ne affronterò le conseguenze ma voglio stare con lei."
"Va bene John, vedrò cosa posso fare, digli a Tessa di venire qui domani nel
pomeriggio, discuterò questa questione con i sei del consiglio domani sera dopo avergli
parlato.
Ora vai, devo riflettere…"

(Tessa)

Quando Omar la vide entrare insieme a John nel tardo pomeriggio del nuovo domani
ne rimase molto impressionato, i suoi tratti leonini erano appena pronunciati e
assolutamente graziosi, i suoi occhi verde smeraldo erano ipnotici, si muoveva con la
grazia e la leggerezza di una Dea, il suo fisico era sexi e provocante e per niente
volgare, era coperta da un semplice abito rosso e lungo portato con grazia e
disinvoltura, la sua chioma bionda le cadeva sulle spalle incorniciandole il viso, se non
fosse stato per la coda che si muoveva pigra sotto la sua gonna l'avrebbe scambiata per
un umana a tutti gli effetti.

Lei le tese la mano e lui dopo un attimo di esitazione gli porse la sua, la sua stretta era
forte e calda e il suo sorriso era incantevole.

"Ciao Tessa, io sono Omar della terra, padre di John, lei è Emma della terra, madre di
John benvenuta nella nostra umile casa"

"Sono lieta di conoscervi, John mi ha detto che volevate parlarmi, di cosa si tratta?"
La sua voce melodiosa accarezzava l'anima, Omar ora capiva perché John era così
 preso da lei.

"Vieni Tessa, siedi con noi, volevamo conoscerti, John non fa che parlare di te"
"Questo mi onora, John mi piace, mi ha raccontato molte cose del vostro mondo e ne
 sono affascinata"

Emma la guardava meravigliata, Tessa le piaceva ma l'argomento di cui dovevano
 parlare richiedeva tatto e sarebbe toccato a lei scoprire cosa bolliva in pentola.

"Ti posso ofrire qualcosa?"
"Magari un boccale di quella bevanda che producete, mi piace tantissimo"

"Vuoi della birra?"
"Birra, si, fa caldissimo."

"Ci pensi tu John?"
"Si madre"

"Allora Tessa, so che tu e John volete stare insieme, hai parlato al tuo gran
consiglio di questa questione?" Disse Emma

"Non è neccessario, noi leonide siamo libere di scegliere il compagno
che vogliamo a cui giuriamo profonda fedeltà di branco per sempre, John
si è proposto e io l'ho accettato, anche se non fa parte del mio branco."

"Capisco, e premetto che non ci trovo nulla di male nella vostra relazione
ma John e umano e tu sei una leonida, non sappiamo quali conseguenze ne deriderebbero
 mischiando le nostre razze, potreste avere dei figli diversi dalle vostre aspettative"

"Lo so, ma la nostra provenienza e la nostra natura non interferirà sui frutti del nostro
seme, i nostri figli se mai ne avremo non saranno un problema vostro ma nostro, siamo
consapevoli di questo problema, lo affronteremo se così sarà e decideremo cosa fare al
momento che questo problema si presenterà, io ormai sono legata a lui e lui e legato a
me."
"Il tuo consiglio quindi approverà la vostra unione?"
"Noi abbiamo leggi diverse dalle vostre, leggi antiche che abbiamo sempre rispettato,
leggi supreme che non devono in alcun modo limitare la nostra libertà di scelta e di
espressione, il gran consiglio ha potere decisionale solo sulle questioni importanti e la
scelta di un compagno o una compagna da parte nostra non li riguarda, da noi il
maschio si propone e se ci sta bene lo seguiamo per tutta la vita, se per voi questo può
essere un problema saremo costretti all'esilio perché ormai sono la sua compagna e non
intendo separarmi da lui, mi ha scelto e io ho accettato, John mi piace, credo di averlo
amato dal primo momento, permettetemi di stare insieme a lui senza portarci a scelte
estreme che farebbero male a voi e a noi."
"Sei molto saggia e decisiva Tessa è questo mi piace, anche sulla terra avevamo delle
diversità che a stento riuscivamo ad accettare ma queste diversità comprendevano solo
la nostra razza, questo è un caso diverso, ne parleremo al resto del consiglio e ti
comunicherò la nostra decisione, non capirmi male, personalmente non e un problema
ma forse lo potrebbe essere per la nostra comunità, stiamo vivendo insieme su questo
pianeta pur essendo due razze diverse, voi siete il primo caso di una relazione di questo

tipo ma quando la nostra comunità capirà che questo tipo di unione e possibile molti
ragazzi e ragazze cominceranno a frequentarsi pur essendo diversi, voi potreste dare
inizio all'evoluzione di entrambe le razze in qualcosa di nuovo, di diverso; il vostro
gran consiglio a quel punto sarebbe d'accordo con la situazione che si verrebbe a
creare?"

"A questo non abbiamo pensato ma John è molto preoccupato del vostro giudizio e io
non voglio essere un problema per lui, come ho già detto per la nostra razza la libertà
individuale non può essere messa in discusione, sta solo a lui la scelta di essere libero o
accettare di essere condannato dalla sua gente e privato dell'amore che è nato fra di
noi."

Emma la guardò intensamente, quella ragazza, leonida o no le piaceva, sapeva
ragionare ed era molto ferma e decisa nelle sue argomentazioni.

"Bene Tessa, benvenuta fra di noi, come donna io sosterrò il vostro amore e il vostro
diritto alla libertà di scelta con il mio consiglio, spero solo che questa vostra storia non
debba portare scompenso nel fragile rapporto di razza che si è creato fra noi e il vostro
popolo."

"Vale anche per me" Disse Omar che aveva trattenuto John per permettere ad Emma
di "Esaminare" Tessa, il suo parere era decisivo, lo era sempre stato in tutte le decisioni
che il consiglio dei sei aveva preso fino a quel momento.

(La verità)

Leonard guardava i suoi amici umani che a loro volta guardavano quell'immenso

hangar con ammirazione, le navi da caccia simili a quella di Leonard andavano e
venivano continuamente, gli equipaggi di quelle navi erano formati da esseri alieni
assolutamente diversi fra loro, avvolti in quelle tute rosse elastiche che sembravano
adattarsi ad ogni forma corporale, era tutto organizzato nei minimi particolari senza il
minimo rumore, solo il basso brontolio degli enormi motori di quella mastodontica
arca.

"Benvenuti nel mio paradiso, quelli che vedete sono i difensori, reclutati nei vari
mondi conosciuti, esseri che hanno accettato di far parte della nostra flotta stellare,
pattugliano costantemente lo spazio per via delle navi nere, assolutamente letali, sono
esseri senza più un popolo a cui appartenere, i loro mondi sono stati distrutti da quelle
navi e dai mostri che scaricano sui pianeti da colonizzare.

Dovete sapere che molto tempo fa il consiglio degli Antichi era composto da dieci
menbri, tre di loro però erano molto in disaccordo con il resto del consiglio, bramavano
il potere, la gloria, la sottomissione di tutti i mondi conosciuti al loro volere, se il resto
del consiglio non si fosse imposto loro avrebbero ridotto tutte le popolazioni dei mondi
conosciuti alla schiavitù per il loro fabbisogno di quel metallo prezioso che voi
chiamate oro e che alimenta i loro motori mostruosi come tutto ciò che li circonda.

Petroniurs in particolare decise di opporsi a questa loro visione e insieme agli altri sei
consiglieri li costrinsero all'esilio per le atrocità che avevano commesso ma Ussum
Astasius e Cripto non accettarono il loro verdetto e si rifugiarono insieme ai loro

fedeli in un universo parallelo, gli Antichi li inseguirono con molte navi da caccia e

dopo una guerra durata millenni gli Antichi riuscirono ad intrappolarli su un pianeta

distrutto, i tre furono catturati e finalmente esiliati in una stella morente del quarto

parallelo, una dimensione assolutamente priva di vita dove avrebbero dovuto morire in

solitudine e con enorme dolore e invece non si sa come sopravvissero e non solo,

riformarono un esercito micidiale e ora sono in cerca di vendetta, per questo la nave

viene costantemente sorvolata dai caccia che come vedete sono migliaia.

"Dimmi la verità vecchio, il nome di questa nave è Atlantia, non è così?"

Leonard lo guardò serio poi decise di rivelargli la verità, era pronto.

"Si Roman, la tua visione è esatta, non posso mentirti e si, gli antichi sono Atlantidei,

sono sempre stati in fondo all'oceano pacifico da prima dell'apparizione dei primi

dinosauri, molto prima del paleolitico, parlo di quatro miliardi di anni prima del vostro

tempo, studiavano il vostro pianeta e hanno seguito tutto il vostro sviluppo credendo di

avere a che fare con esseri inteligenti in evoluzione, credevano molto nei vostri buoni

sentimenti umani, poi qualcosa e cambiato e avete cominciato ad uccidervi, così gli

Antichi ci inviarono sulla terra per influenzarvi verso il bene collettivo della vostra

razza ma nonostante tutti i segnali che vi abbiamo inviato voi avete continuato nella

vostra cattiva strada scatenando guerre e conflitti senza fine per soddisfare la vostra

brama di potere, avete cominciato a dividervi, ad odiarvi e alla fine avete decretato la

vostra fine e l'avete fatto con le vostre stesse mani.

Ora sembra che senza di voi la terra si sia ripresa ma gli Antichi hanno paura che

possa essere presa di mira dalle navi nere in cerca d'oro, la nostra missione e capire se

il vostro pianeta originario vada protetto e preservato al fine di farne una loro colonia.

Nella saletta dell'equipaggio troverete le vostre tute, spogliatevi dei vostri abiti e

mettetevi davanti a loro, vi sentirete avvolgere ma non spaventatevi, sono tute

particolari composte da un materiale organico che controllerà tutte le vostre funzioni

vitali e vi impedirà di morire stupidamente.

Non sappiamo a cosa andiamo incontro, il nostro viaggio sarà lungo e pieno di

imprevisti a cui dovremo far fronte nel minor tempo possibile, ricordate che ogni vostra

decisione dovrà essere presa rapidamente e senza ripensamenti.

Comunicheremo solo mentalmente perché le tute vi isoleranno completamente da

ogni impurità esterna e vi forniranno costantemente l'ossigeno e il nutrimento di cui

avete bisogno.
Domande?"

"Io ne ho una" Disse Isabel "Lo so che forse è una stronzata ma se per caso avessimo

bisogno di andare in bagno?"

Leonard sorrise "Non preoccuparti, per la maggior parte del viaggio saremo chiusi

nelle capsule criogene, in ogni caso nella nave c'è un piccolo ambiente asettico in cui

potrete espletare i vostri bisogni quando sarete svegli, altre domande?"

"La tua nave è armata?" Chiese Emma
"Oh, la mia Rosalin? Certo che è armata, è la migliore nave da caccia che io abbia mai

Pilotato e spero proprio di evitare il loro uso, servono per la nostra difesa, ad ogni modo Rosalin e dotata di molti piccoli trucchi che io stesso o impostato."

"Rosalin?" Disse Roman

"Una vecchia storia, l'unica donna che io abbia mai amato, una donna umana, una

persona speciale."

"Non ci hai mai raccontato di lei" Disse Brian

"Oh, un giorno vi racconterò chi era e che cosa è stata per me, per ora è una vecchia

ferita che mi fa ancora male.

Ora se siete pronti partiamo"

Brian tirò su il braccio destro con il pugno chiuso come se fosse Superman ed

esclamò: "Allora si va, verso l'infinito e oltre!" e quando tutti lo guardarono disse di

nuovo "Beh? Che c'è? E una vita che sogno di dirlo"

"Diamoci una mossa" Disse Roman.

(Il viaggio)

Chiusi nelle capsule criogene e protetti da quelle tute speciali che sembrava

avessero una vita propria i nostri eroi dormivano profondamente, ognuno chiuso nei

propri sogni, infiniti sogni che l'inconscio umano proiettava nei loro schermi mentali.

Roman però a differenza degli altri era immerso nei suoi incubi peggiori, era di

nuovo davanti alla madre di tutte le tarantole, bella come una macchina da corsa, la

regina dei ragni che gli stava gridando di averli abbandonati al loro destino nefasto, era

di nuovo davanti alla madre di tutti gli orrori venuta dallo spazio che rideva di gusto

scuotendo i capelli biondi che incorniciavano una faccia mostruosa costellata di bocche

e denti, era di nuovo inseguito dal OGM Form che tentava continuamente di tagliarlo a metà con le sue chele seghettate, che lo inseguiva come un segugio, che tentava di

morderlo con le sue fauci uncinate per farlo a brandelli, era di nuovo sotto l'attacco

degli avvoltoi Kamizake che piombavano su di lui a folle velocità strappando brani

della sua pelle ad ogni attacco con i loro artigli affilati come rasoi.

Quando la capsula che lo conteneva si aprì lentamente Roman era agitato, aveva la

sensazione che stesse accadendo qualcosa, aprì gli occhi lentamente e si alzò cercando

di rimettere il mondo a fuoco, accanto a lui anche le altre capsule si stavano aprendo,

lentamente tutti emersero dal loro forzato letargo.

"State tutti bene?" Chiese Leonard

"Siamo svegli se è questo che intendi, siamo arrivati?" Chiese Brian

"No, secondo i miei calcoli siamo a metà strada ma c'è qualcosa che non va, Rosalin

ha attivato il nostro risveglio perché deve aver avvertito un pericolo, venite tutti nella

sala comandi, verificheremo quale sia il problema, coraggio." Disse Leonard

Quando furono tutti riuniti Leonard esaminò i dati di viaggio della nave e scoprì

quale era il problema, alcuni detriti avevano colpito un sensore del sistema di

navigazione della nave mandandola leggermente fuori rotta, dovevano uscire e ripararlo

al più presto o sarebbero andati alla deriva finendo proprio nel mezzo di uno sciame di

meteoriti che non gli avrebbe lasciato scampo, Rosalin aveva sentenziato che

attualmente valutava la loro sopravvivenza non oltre il 20% data la distanza e la

velocità dello sciame che veniva verso di loro e stimava un tempo di correzione di 50

minuti terrestri per eliminare il problema e portarsi fuori pericolo.

"Andiamo fuori io e Omar, c'è la faremo, guidaci e dicci cosa fare" Disse Roman

"Va bene, non preoccupatevi" Disse Leonard " il visore delle tute mi darà un
immagine tridimensionale di quello che vedete voi e di ciò che vi circonda, vi seguirò
passo dopo passo, ora andate, non c'è tempo da perdere, restate sempre collegati alla
nave tramite il cavo di sicurezza e non lo sganciate per nessuna ragione, non ho
intenzione di vagare nello spazio in cerca dei vostri culi."

"Andiamo." Disse Omar "Facciamo questo giretto nello spazio"
Non essendo stati addestrati ad essere degli astronauti Roman e Omar appena fuori dalla
nave provarono un vuoto nell'anima, il buio infinito dello spazio era come il silenzio
della morte, fu in quel momento che capirono quanto era prezziosa la vita, poter vedere,
poter sentire, poter parlare, potersi muovere…

"Tutto bene ragazzi? Ei! Mi sentite?"
"Ti sento Isabel, amore mio"

"Anche io, forte e chiaro" Disse Omar "Quindi evitate le smancerie da innamorati"
"Ti amo Roman"

"Lo so, anche io, Leonard e lì?"
"E andato un attimo a controllare lo stato dei sensori di direzione per verificare quale e
stato colpito, eccolo, state attenti"

"Roman, Omar, abbiamo due sensori fuori uso, potrebbe essere solo un corto circuito,
in quel caso dovrete attivarli manualmente, li vedete? Sono davanti a voi, sulla parte
laterale destra dello scafo."

"Li vediamo, un detrito si è conficcato appena sotto i reattori, dobbiamo estrarlo"
"E molto grosso, sembra un pezzo di roccia, se fosse stato un pò più grosso ora
saremmo stati spacciati, ci siamo, lo vedi?"

"Dovete tirarlo fuori e ricollegare i sensori al più presto, Rosalin ci ha appena

informato che le nostre probabilità di risoluzione ora sono poco meno del 10%,
 coraggio”
 “Omar, mettiti dall’altro lato, cerchiamo di smuovere questa bellezza”
 Puntellarono i piedi sullo scafo e cominciarono a tirare, Roman a sinistra Omar a
 destra, ci volle qualche minuto ma l’assenza di peso nello spazio li aiutò ad estrarre
 quello spuntone di roccia che tornò ad essere un detrito alla deriva scomparendo
 velocemente alla loro vista poi esaminarono i cavi spezzati che andavano ripristinati al
 più presto.
 Si misero al lavoro seguendo le istruzioni di Leonard ma il tempo volava e loro due
 erano sempre più tesi, non era una lavoro semplice, quella grossa pietra aveva fatto più
 danni del prevvisto e all’improvviso non c’era più tempo, si girarono a guardare lo
 spazio e fù un errore, ora lo vedevano chiaramente, lo sciame, pezzi di qualche mondo
 esploso o imploso, era mostruoso, li avrebbe fatti a pezzi.
“Omar… Omar ascoltami, finiamo il lavoro coraggio, Leonard, fra un attimo abbiamo
 finito ma non faremo in tempo a rientrare, ci legheremo alla nave e che Dio ci assista,
 Leonard mi ascolti?”
 “Si Roman”
 “Non appena te lo dico accendi i motori e salvaci il culo vecchio, non badare a noi”
 “Roman, lo scudo termico è danneggiato, lo attiverò manualmente per darvi un
 minimo di protezione ma l’accellerazione in virata potrebbe sbalzarvi dalla nave,
 legatevi a qualcosa”
Leonard guardo Emma e Isabel abbracciate come due bambine e si accorse delle
 lacrime che Brian tentava di nascondere…

"Va bene, faremo come dici"

"Roman..proteggi Omar"

"Lo farò, a costo della mia vita, ci rivedremo vecchio"

"Lo spero Roman, amico mio, lo spero proprio…"

Rosalin parlò: "Sciame in avvicinamento, pericolo, probabilità di risoluzione 5%"

"ORA! ACCENDI I MOTORI PER DIO!" Urlò Roman

Leonard non se lo fece ripetere due volte e diede ordine a Rosalin di accendere i motori

e virare di 360% a pieno regime, Rosalin ubbidì prontamente e come un grosso falco si

impennò di colpo schizzando in alto, compiendo un doppio avvitamento per poi virare

tentando di riportarsi nella sua rotta originale ad una velocità folle, Omar ebbe

l'impressione che la sua pelle si stesse distaccando dalle sue ossa come se volesse

fuggire da lui e se non fosse stato per quelle speciali tute elastiche e attillate forse

sarebbe successo, Roman lo teneva incollato alla nave con uno sforzo sovraumano e fu

un fatto che mise a dura prova anche la sua grande forza, aveva l'impressione che

l'accellerazione della nave per portarsi fuori pericolo lo stesse disintegrando, fu

questione di qualche minuto poi lo sciame fù su di loro, li sfiorò per un pelo ma Roman

si sentì colpire da miriadi di schegge acuminate che gli si conficcarono nella schiena e

nelle gambe, Roman urlò ma tenne duro, Omar era svenuto ma era vivo, forse

sarebbero riusciti a salvare la pellaccia anche questa volta.

Quando Rosalin rallentò la sua manovra e si stabilì Leonard li chiamò a se.

"Roman, rispondimi! Non riesco a vedervi, mi senti?"

"Siamo vivi, siamo sotto lo scafo, Omar e svenuto ma è vivo, io invece ho la tuta

danneggiata, stiamo rientrando"

"Che io sia dannato! Fate presto!"

"Roman, prima o poi mi farai venire un infarto, non ho mai visto Emma così
 spaventata"
   "Calmati Bella, non è ancora venuto il mio momento, stiamo bene, non
 preoccupatevi, aprite la camera iperbarica, siamo qui"
   Il portello circolare della camera si aprì con un soffio e i nostri due eroi si adagiarono
nel pavimento e dopo pochi secondi Omar si riprese, si tolsero le tute e restarono in
 quarantena per quasi un ora, nel frattempo Omar cercò di estrarre tutte quelle schegge
 di pietra conficcate nel corpo di Roman.
   Se non fosse stato per quella strana lega di titanio e quella pelle rigenerativa con cui
 era stato assemblato dagli scienzati dell'Ordine Roman avrebbe perso sangue come un
 maiale sgozzato, certi pezzi di pietra erano grandi come un pugno umano e
 profondamente conficcati nel suo corpo.
   "Bene" Disse Omar "Io ho fatto il possibile, ci penseranno le capsule a fare il resto,
 coraggio usciamo da qui ora"
   Quando uscirono Isabel ed Emma gli corsero incontro e li abbracciarono…
"Gesù, pensavo proprio di non rivedervi questa volta" Disse Brian poi vide la schiena e
 le gambe di Roman ed esclamò: "Che diavolo ti e successo? Sei pieno di buchi"
   "Mi sa che prima di rinchiudermi nella capsula avrò bisogno delle tue mani Doc, ho
 diversi piccoli pezzi dello sciame conficcati nel corpo ma fortunatamente nessuno di
 loro a toccato punti vitali."
   "Sapevo di poter contare su di voi" Disse Leonard mettendogli le mani nelle spalle,
 era orgoglioso di loro, erano la prova vivente che l'essere umano quando ha un anima

buona può essere meravigliosamente coraggioso in nome di una causa giusta, non si era
 sbagliato su di loro.

 "Dobbiamo ripartire al più presto o il passaggio verso il vostro universo si chiuderà e
 non sarà possibile varcarlo per altri duecento anni. Dovete sapere che i buchi neri come voi li avete chiamati in realtà sono porte che
 sfociano in migliaia di universi, molti dei quali ancora sconosciuti ed è possibile
 attraversarli solo in un quando specifico, occorrono lunghi calcoli per non sbagliare
 universo, il minimo errore ci costriggerebbe a vagare nello spazio per secoli prima di
 poter fare ritorno a Xedoria.

 Dopo che Doc avrà visitato Roman rientrate nelle capsule, il viaggio è ancora lungo,
 siete stati grandi, avrò molte storie da raccontare al nostro ritorno, coraggio"

 E così i nostri eroi dopo essersi ripresi tornarono in letargo, sicuri che quando si
 fossero svegliati avrebbero rivisto la loro madre terra ma lo spazio e profondo e
 profondi sono gli imprevvisti.

 (L'incontro inaspettato)

 Rosalin, la nave da caccia di Leonard filava alla velocità della luce silenziosa come
 una stella cadente e nel silenzio all'improvviso si attivò un allarme e la capsula di
 Leonard si riaprì svegliandolo dal suo profondo sonno.

 L'allarme risuonava nella sala di pilotaggio e non appena Leonard si riprese corse a
 vedere il motivo di quel risveglio, verificò la rotta compiuta da Rosalin e si assicurò
 che fossero nell'universo giusto, sembrava tutto a posto poi vide che i sensori di

movimento avevano avvertito un pericolo, Rosalin era viva nella memoria di quella

nave che era dotata di un inteligenza artificiale altamente avvanzata, comunicava con

Leonard mentalmente e la sua voce era quasi uguale alla Rosalin umana a cui molto

tempo prima Leonard aveva donato il cuore.

"Caro, fai attenzione, rilevo una nave di origine sconosciuta appena fuori

dall'atmosfera terrestre, ho sondato le loro comunicazioni ma sembra che sia stata

abbandonata, non rilevo forme di vita al suo interno.

"Potrebbe essere un trucco" Disse Leonard "Così come potrebbe essere l'origine del

segnale che abbiamo ricevuto, dobbiamo verificare cosa è successo a quella nave,

Rosalin, avviciniamoci ma attiva tutti i sistemi di difesa, l'ignoto mi attira come il

miele attira l'orso lo sai ma andiamoci con i piedi di piombo"

"Sarà fatto caro."

Leonard amava quella nave, quando era alla sua guida si sentiva a casa, pilotarla era un

gioco da ragazzi, lui e Rosalin erano una cosa sola.

Rosalin si avvicinò lentamente a quella nave che si ingrandiva mano a mano che si

avvicinavano, sembrava una nave antica, poteva essere lì da anni o da millenni.

"Avverti qualcosa Rosalin?"

"Niente per ora, sembra deserta, no, aspetta…Rilevo una presenza ma è molto debole,

morente"

"Riesci ad attraccare?"

"Un attimo, devo svegliare la squadra?"

"E meglio di si, è ora che i pigroni si sveglino, abbiamo una missione da compiere."

Dopo pochi minuti la squadra fu di nuovo sveglia, ora tutti vedevano quella nave

fantasma nei monitor.

"Che ne dite? Andiamo a dare un occhiata?"

"Sembra abbandonata da molto tempo, pensi che ci possa essere ancora vita" Gli chiese
Roman.

"Rosalin ha avvertito qualcosa, dobbiamo verificare cosa sia, potrebbe essere la
sorgente del segnale di aiuto che abbiamo ricevuto:"

"Dobbiamo armarci?" Chiese Emma
"Nella sala delle armi troverete tutto ciò che vi occorre, indossate le tute e prendete i
fucili fotonici, giusto per sicurezza e andateci piano con quelli, son particolarmente
sensibili quindi tenete il dito lontano dal grilletto."

Attraccarono collegandosi a quello che doveva essere stato il ponte di comando di
quella nave oscura e silenziosa.

Le porte del ponte erano semiaperte, forse da sempre e furono costretti a forzarle, per
Roman fu un gioco da ragazzi e una volta dentro si ritrovarono in una grande sala
rotonda, piena zeppa di schermi di comando spenti, a prima vista ai loro occhi
sembrava un ambiente terrestre un pò futuristico ma non poteva essere possibile,
quando loro erano stati prelevati dagli Antichi gli umani non possedevano ancora la
tecnologia neccessaria a costruire una nave spazziale così grande poi ricordarono che
sulla terra erano trascorsi due secoli, forse quella nave misteriosa era stata progettata
dall'ordine per sfuggire all'inevitabile fine del mondo che loro stessi avevano
innescato.

Il silenzio lì dentro sapeva di morte, molti piccoli mucchi di cenere erano sparsi
dappertutto, imboccarono il lungo corridoio che avevano di fronte titubanti, accesero le
torce allo iodio inserite sopra le canne dei fucili e procedettero compatti, il corridoio li

portò in un'altra sala da dove partivano altri tre corridoi, la sensazione che fosse una

nave terrestre era sempre più evidente, Isabel camminando scalciò uno di quei piccoli

mucchi di cenere e con la coda dell'occhio vide una cosa che non vedeva più da anni,

era un pezzo di una fotografia che raffigurava una donna e una bambina abbracciate e

sorridenti.

Isabel non fece in tempo a schermare il suo dolore per tutto quello che avevano perso,

ora avevano la prova che quella nave era una nave terrestre e che quei mucchietti di

cenere erano tutto ciò che rimaneva dell'equipaggio di quella nave.

"Roman, mio Dio, tutte queste povere persone forse cercavano di mettersi in salvo,

qui è successo qualcosa di terribile, lo sento."

Roman e Omar così come gli altri guardarono a turno quel pezzo di foto, sullo sfondo

si intravvedeva un pezzo di casa fra gli alberi.

"Credo che qui ci sia solo morte, andiamo, dividiamoci, Roman e Isabel a sinistra,

Omar ed Emma a destra, tu Brian con me in quello centrale, ricordate, comunicate

mentalmente e non fate il minimo rumore." Disse Leonard

"Ok papà" Disse Roman

"Andiamo, forza."

Roman e Isabel procedettero fino a sbucare in altra sala che ospitava gli alloggi

dell'equipaggio, lì i mucchi di cenere erano centinaia.

"Mio Dio" Disse Isabel

"Lassù!" Disse Roman

Una scala portava ai piani superiori, forse erano gli alloggi degli ufficiali o dei piloti,

si incamminarono guardandosi continuamente intorno, il buio sembrava inghiottirli ad

ogni passo che facevano poi Roman notò qualcosa un una delle gabine, senbrava un libro impolverato, Roman lo prese in mano e delicatamente spolverò la copertina in

pelle tentando di capirne il titolo.

Le parole sembravano scritte in Russo, Roman non lo aprì perché se lo avesse fatto

probabilmente le pagine di quel libro si sarebbero incenerite davanti ai suoi occhi, così

aprì una delle buste che servivano per riporre i probabili campioni vegetali e la chiuse

ermeticamente, poteva contenere delle informazioni importanti.

"Cosa hai trovato?" Gli chese Isabel

"Credo che sia un diario ma è scritto in una ligua che non conosco"

"Fammi vedere" Disse Isabel, lo prese in mano e disse: "C'è scritto Diario di bordo

ma il nome di chi lo ha scritto e incomprensibile"

"Che lingua è?"

"E Russo ma è una lingua che ho quasi dimenticato anche se l'ho studiata per quasi

cinque anni"

"Andiamo, non c'è piu niente da vedere qui, torniamo dagli altri."

Mentre Roman e Isabel stavano tornando indietro Omar ed Emma erano arrivati nella

sala motori, o in quella che sembrava una sala motori, Omar li osservò attentamente e

per quanto avvanzati sembrassero erano stati costruiti con una tecnologia sicuramente

umana, ricordavano vagamente i motori dei Jumbo Jet anche se questi erano molto più

grossi.

Proseguirono oltre la sala motori e si ritrovarono in un'altra sala che conteneva una

cinquantina di capsule simili alle loro, una versione primitiva delle capsule criogene.

Alcune erano aperte e vuote, altre conservavano ancora le ossa dei loro proprietari,

evidentemente quel che era successo in quella nave li aveva sorpresi nel sonno che nel

loro caso si era trasformato in un sonno eterno.

Omar era sicuro che se ne avesse aperta una le ossa si sarebbero trasformate in cenere
come tutto il resto, erano scheletri umani, non c'era dubbio, poi il suo sguardo fù
attirato da un lieve bagliore azzurro pulsante dentro una di quelle capsule, Omar ed
Emma si avvicinarono con le armi spianate e quando furono abbastanza
vicini videro il corpo di un bambino rivestito di un debole un bagliore azzurro poi
distinguero un essere appartenente alla razza di Leonard che si sovrapponeva
all'immagine di quel bambino, sembravano tutti e due in fin di vita, immediatamente
mentalmente comunicarono agli altri la loro posizione spiegando a Leonard cosa
avevano trovato.
"Non lo toccate, da come me l'ho avete descritto deve essere un bambino Ivoriano,
non fate niente fino a che non arrivo e non aprite quella capsula, dobbiamo portarlo
nella nostra nave e metterlo in terapia nella capsula criogena vitale, la sua memoria e
prezziosa, se riusciamo a salvarlo potrebbe essere un colpo di fortuna per lui e per noi."
Omar ed Emma si misero in attesa, nel frattempo esaminarono ogni angolo di quella
sala senza trovare nulla che potesse farle capire cosa era successo in quella nave che
scricchiolava misteriosamente come se da un momento all'altro si volesse disintegrare.
Quando alla fine furono riuniti lavorarono veloci scollegando la macchina da ciò che
una volta la alimentava poi Roman se la caricò sulle spalle e veloci tornarono da
Rosalin che nel mentre aveva già preparato la miracolosa capsula criogena vitale presente
in ogni nave da caccia atlantidea che avrebbe eseguito tutti gli esami che sarebbero stati

neccessari per stabilire i danni del paziente dopo di che avrebbe operato le cure
neccessarie a seconda della gravità del danno e della natura del soggetto.

Mentre tornavano indietro Leonard riferì loro di avere trovato un altro pezzo di foto
strappata a metà che raffigurava parte dell'equipaggio di quella vecchia nave da guerra.

L'immagine era molto scolorita e le facce erano quasi scomparse ma si capiva
chiaramente che era un equipaggio umano.

Un piccolo sbuffo d'aria rancida uscì dalla capsula terrestre quando la aprirono,
velocemente e delicatamente presero il bambino Ivoriano e lo deposero nella capsula vitale.

"Bene, ora non ci resta che aspettare, nel frattempo procederemo verso la terra,
possiamo restare svegli, manca poco, coraggio, torniamo dagli altri."

"Caro, fra 72 ore 36 minuti e 13 secondi entreremo nell'orbita terrestre, non rilevo
problemi per il momento, vi avviserò non appena sarà in vista"

"Grazie Rosalin"

"Prego tesoro"

"Allora, abbiamo del tempo da perdere, direi di dare un occhiata a questo diario che
avete trovato, a quanto pare è scritto in russo…"

"Credo di si" Disse Isabel "L'ho studiato da ragazza, una vita fa, una lingua di cui
ricordo poco, non ero una cima all'università anche se i miei voti grazie ad Albert
erano eccellenti."

"Non preoccupatevi" Disse Leonard "Ci penserà Rosalin a scannerizzarlo e a tradurlo
e lo farà senza nemmeno aprirlo, la mia Rosalin è magica"

"Tu lo sei di più" Disse Rosalin

"Ora scusatemi, mi ritiro nella mia cabina, devo comunicare a Petroniurs la nostra

riuscita e le nostre prime scoperte, scusatemi." Leonard si ritirò e quando furono da soli
 Isabel si rivolse a Rosalin…
   "Rosalin sei autorizzata a parlare con noi?"
"Si Isabel della terra"
   "Conosciamo Leonard da molto tempo ma nessuno di noi ha mai osato chiedergli il
 nome del suo ospite Ivoriano, tu sai qual'è il suo nome? Non rispondermi se non puoi,
 e solo una curiosità femminile"
   "Il suo nome è "Cosmos" un essere unico, il Camaleonte dei mondi conosciuti,
 Cosmos, il viaggiatore, l'immortale…"
A quel punto tutti e cinque si guardarono stupiti pensando al giorno in cui lo
avevano accettato a Campo Due, sembrava un vecchio e innoquo pazzo sbucato dal nulla.
   "Grazie della tua sincerità" Disse Isabel.
"Solo la verità per voi Isabel della terra"
   "Vi devo chiedere scusa ma purtroppo fino a questo momento sono stata
 completamente impegnata nel mio lavoro e non ho avuto il tempo di dialogare con voi,
 Leonard dice che voi siete i suoi fratelli e sono contenta che abbiate scelto di partire
 con noi, sapete, io voglio bene a Leonard e sono fedele a Cosmos, mio signore e
 padrone ma un po' di conversazione con qualche altra inteligenza specie se femminile
 non mi dispiace."
   "Questo è parlare, potere alle donne" Disse Emma sorridendo "Sono molto più
 simpatiche dei maschi"
   "Direi che approvo perché ho un anima femminile cara Emma della terra, Leonard mi
 ha parlato di te, dice che sei una guerriera, che non temi nessuno"
   "Ci puoi giurare Rosalin, la paura è segno di debolezza e io ho sempre detestato

essere etichettata solo perché sono nata donna, ho dovuto crescere in fretta, avevo due
genitori terribili e tre fratelli maschi uno peggio dell'altro, a quindici anni sono
scappata di casa e me la sono cavata da sola e da sola ho imparato molte cose,
soprattutto a guardarmi alle spalle"
"So la vostra storia, sono al corrente di quello che Roman della terra ha dovuto
sopportare, di quello che tutti voi avete dovuto affrontare in questo vostro lungo
percorso per arrivare ad essere migliori, voi umani avete un grande potenziale perché
siete capaci di provare amore, l'unico sentimento universale che vi rende speciali e
diversi da milioni di razze conosciute, l'unico sentimento che fa crescere la vita,
l'unico sentimento che ha una grande importanza per gli Antichi, l'unica via possibile
per l'evoluzione di una specie, quell'amore che ha mille forme e mille colori, Cosmos
ha lottato molto su questo concetto per convincere gli Antichi che in fondo eravate una
razza da preservare e non da condannare, lui è un essere speciale, unico, e ha miliardi di
anni sulle spalle anche se quando prende possesso di Leonard fa finta di essere ancora
un ragazzino."
"Ma io sono un ragazzino…" Disse Cosmos/Leonard
"Ci stai sentendo?" Chiese Isabel
"Si, vi ho sentito forte e chiaro, così ora sapete come si chiama il mio ospite,
d'accordo, niente più segreti fra di noi, Rosalin apri lo schermo panoramico, c'è una
signora che sta dando spettacolo…"
"Certo caro, subito."
Sopra le loro teste un grande pannello lentamente si aprì come un palcoscenico e la

loro nuova terra apparì alla loro vista, era meravigliosa, una palla azzurra in mezzo al
cielo, meravigliosa e splendente come non mai.

(Il nuovo mondo)

Dopo aver attraversato l'atmosfera terrestre i nostri eroi si resero conto che la terra si
era rivestita di un abito nuovo, i continenti si erano divisi, separati formando nuove
terre e molte piccole e grandi isole, il colore di quegli immensi spazi verdi e
dell'azzurro verde di quei fiumi e mari sconosciuti era acceso e brillante come mai
avevano visto, alberi giganti e altissimi crescevano dappertutto, l'aria era pulita e il
cielo era costellato di grandi nuvole bianche ferme nel cielo come delle grandi navi a
vele spiegate, sembrava disabitato, non si intravvedevano forme di vita di nessun
genere, nessuna città, solo natura, forte e salvaggia, tutto quello che l'uomo aveva
costruito era stato cancellato e con l'assenza dell'uomo il pianeta si era rigenerato ed
era rinato.
Atterrarono in una radura sconfinata, l'erba di un verde brillante e intenso era
altissima e rigogliosa.
Dopo aver spento i motori Rosalin esaminò l'ambiente e riscontrò un ottimo livello di
ossigeno e di azzoto nell'aria, una leggera presenza di anidride carbonica e
Metano e nessuna presenza di particelle radioattive preoccupanti.
I nostri eroi a quel punto scesero dalla nave e si tolsero il casco respirando a pieni
polmoni quell'aria fresca frizzante e profumata da fiori spettacolari, fiori irriconoscibili
e di una bellezza disarmante.
"Che meraviglia" Disse Isabel

"Uno spettacolo" Disse Brian

"Si, e stupefacente" Disse Roman

Sorridevano guardandosi intorno, le alte montagne rosa e bianche nella luce del

prossimo tramonto erano maestose poi lì colpì il silenzio.

Non si sentiva volare un insetto, non si sentivano canti di uccelli ne versi di qualche

animale, a quanto sembrava era un paradiso dominato fortemente dalla natura.

"Rientriamo nella nave per la notte, nel mentre daremo un occhiata a quel diario e al

nostro ospite, domani andremo in perlustrazione, dobbiamo stabilire un punto

d'appoggio sicuro in cui faremo eventualmente crescere la nuova colonia terrestre, per

qualche tempo ci limiteremo ad osservare e a raccogliere campioni di vegetazione da

analizzare per scoprirne le proprietà genetiche e il loro eventuale ulilizzo poi

organizzeremo delle piccole spedizioni usando le navette esplorative di cui Rosalin è

dotata, coraggio, abbiamo un sacco di lavoro da fare." Disse Leonard

Rientrati nella nave verificarono lo stato di salute del loro ospite, fortunatamente

senbrava che stesse molto meglio, la sua pelle prima bianca e cadaverica aveva preso

colorito, l'ospite che lo occupava era rientrato in lui e Leonard disse che quello era un

buon segno, forse a breve si sarebbe svegliato e allora forse avrebbero saputo di più di

quel nuovo mondo nato da poco così bello ma così silenzioso.

"Rosalin, cara, hai analizzato il contenuto del Diario di bordo come ti ho chiesto?"

"Certo caro ma molte pagine erano in uno stato di deterioramento eccessivo, sono

comunque riuscita ad estrappolare qualcosa dalle ultime tre con uno scanner

digitale ad alta definizione dopo averle umidificate, se volete sedervi sono pronta a
riferirvi il loro contenuto quindi mettetevi comodi.”
I nostri eroi si sedettero e Rosalin cominciò:
“Diario di bordo del colonnello Vladimir Smirnov, comandante in capo della nave
ammiraglia Astarus della flotta stellare “N.W.O.” Nuovo Ordine Mondiale.

20 ottobre 3013

La partenza e imminente, per mia scelta saremo l’ultima nave a lasciare il pianeta,
abbiamo tentato di resistere all’attacco delle forze oscure ma abbiamo perso, migliaia e
migliaia di vite umane sono state massacrate, tutte le nostre armi e le nostre forze non
son servite a niente, quei maledetti mostri hanno trovato la nostre basi sotteranee ed è
stato un genocidio.
Sono apparse all’improvviso, navi nere, portatrici di morte, non ci hanno dato il tempo
di organizzarci, di difenderci, dei mostri orribili simili a grossi vermi scendevano da
quelle navi penetrando nel terreno come pallottole nel burro fondendolo, cercavano
qualcosa, abbiamo provato a fermarli ma più li colpivamo più diventavano voraci,
bestie mostruose, infernali, molti nostri soldati sono stati ridotti in cenere ancora prima
di sparare un solo colpo, tra pochi minuti decolleremo prima che questo pianeta
collassi, abbiamo a bordo molti soldati ma anche molti civili che abbiamo dovuto
imbarcare all’ultimo momento.

(Data Astrale 22 ottobre 3013)

Mio Dio, quelle maledette bestie sono riuscite ad introdursi nella stiva in fase di
decollo, abbiamo chiuso tutte le porte stagne e isolato ogni accesso ma quelle bestie
stanno facendo a pezzi la nave, non abbiamo scampo, chiunque trovi questo diario
sappia che siamo esistiti, spero solo che le altre tre navi abbiano potuto mettersi in
salvo.
Sento i miei compagni, i miei amici morire come mosche e non posso fare niente se
non aspettare che venga il mio turno.
Che Dio ci perdoni per tutto quello che abbiamo sbagliato e accolga la mia anima.
Amen."
"E questo è tutto, è terribile" Disse Rosalin
"E opera delle navi nere" Disse Leonard "I Bucaterra sono solo una parte delle mostruosità in loro possesso, quella bestia mutaforma che avete combattuto sulla terra era una loro creatura, una delle tante…"
"Come possiamo fermarli?" Chiese Roman
"Affronteremo questo discorso quando si renderà neccessario, ora pensiamo alla nostra
missione."
"Io trovo che la natura sia stupefacente, malgrado tutto quello che ha subito, la nostra
terra e rinata ancora più bella di prima e non vedo l'ora di riscoprirla" Disse Isabel
"Anche io sono curioso" Disse Brian
"Bene, è ora di andare a dormire, domani ci aspetta una lunga giornata e prima di partire
daremo un occhiata al bello addormentato, la capsula vitale sta facendo il suo dovere,
una volta sveglio potrà spiegarci quello che è successo negli ultimi anni trascorsi
dalla nostra partenza per Xedoria terminati nello sterminio dell'equipaggio di quella nave
fantasma."

(Alan Wizard)

Alan si svegliò lentamente, aveva fatto un lunghissimo sonno ed era debolissimo, si
 guardò intorno lentamente, il solo muovere la testa le costò un notevole sforzo, credeva
 di essere morto ma non era così, si trovava in una camera protetta da un vetro trasparente
da cui poteva osservare quello che aveva intorno, vide confusamente delle persone che
 lo osservavano in silenzio…
  "Dove mi trovo?" Chiese con un filo di voce.
"Stai tranquillo, sei tra amici, come ti chiami figliolo?"
  Alan ci pensò un attimo, già, come si chiamava? ma poi le venne in mente
"Alan" Rispose Alan
"Bene, vedo che ricordi il tuo nome, non fare sforzi ora caro Alan, sei molto debole ma
 ti rimetterai, ora ti lasciamo, cerca di dormire se ci riesci, torneremo a trovarti stasera."
Le disse Isabel
Alan richiuse gli occhi e si riaddormentò all'istante…

  (Perlustrazione)

  Le navette in dotazione alla nave erano tre e ognuna era dotata a sua volta di due posti,
i nostri eroi si divisero in tre squadre così come avevano fatto nella nave fantasma.
  Leonard e Brian a sud, Roman e Isabel ad est e Omar ed Emma ad ovest, si sarebbero
allontanati dalla nave per una cinquantina di miglia a raggiera per definire un certo
territorio da cui partire in futuro nel eventualità di ricolonizzare la propria terra.
  Rosalin in collegamento con loro grazie alle tute geniche li ascoltava telepaticamente
pronta ad intervenire in caso di pericolo.
  Ridussero la velocità delle navette al minimo e sorvolarono in lungo e in largo miglia

e miglia di superfice ma non videro altro che bellezza continua, fiori di ogni genere in
ogni dove, alberi altissimi di ogni colore e forma, intere foreste impenetrabili e fiumi
azzurrissimi ma nessuna traccia di vita.

   Roman e Isabel scorsero una grotta sotto una cascata di acqua cristallina e gelata e
atterrarono in mezzo all'ennesimo campo di fiori totalmente sconosciuti, non
riuscivano a fare a meno di ammirare uno spettacolo così immenso, cominciavano ad
avere una fame da lupi grazie a quell'aria pulita come aria di montagna, nel silenzio i
fiori sussurravano alla terra…

   "Che ne dici, ci facciamo un bel tuffo?" Disse Isabel attirata dal laghetto limpidissimo
che era ai piedi della cascata.
Poi senza dire più una parola si spogliò e si mise a correre eseguendo un tuffo di testa in
maniera impeccabile…

   "Roman, vieni dai, l'acqua e freschissima! Meravigliosa!"
"E va bene, arrivo" E come un fulmine si spogliò e si tuffò anche lui.

   Omar ed Emma invece atterrarono in un isola poco distante dalla costa, qualcosa
li aveva attirati in quel posto, anche lì la natura esplodeva di mille colori ma c'era
qualcosa di sbagliato, in quel silenzio si sentivano osservati ma c'era solo il vento
che soffiava forte piegando i fiori e le cime degli alberi.

   Leonard e Brian invece atterrarono vicino ad un grande fiume impettuoso e limpido,
appena scesi però si accorsero che c'era una nota stonata, l'istinto le disse che in
quel silenzio non erano soli, quei fiori dai mille colori erano rivolti verso di loro
dovunque si spostassero, quasi come se li stessero osservando e tutti e due avevano
la sensazione che quegli alberi maestosi ora fossero ogni momento più vicini a loro

come se li stessero seguendo spostandosi sulle loro radici.

"Leonard, senti anche tu dei movimenti o è solo una mia impressione?"

"Si, c'è qualcosa di strano ma non riesco a capire cosa, facciamo attenzione,

avverto un pericolo imminente ma è solo una sensazione, andiamo avanti, è una

bellissima giornata, non facciamoci prendere dal nervosismo…" poi sprofondò

scendendo a forte velocità attraverso un foro scavato nella terra urlando come un

forsennato per la sorpresa e la paura cercando un appiglio a cui aggrapparsi…

Brian si girò e fece appena in tempo a vederlo sparire nella terra all'improvviso, lo

 sentiva urlare mentre scendeva sempre più in basso in quel buco nero e

apparentemente senza fine…

Roman e Isabel tonificati da quella nuotata e da quell'acqua freschissima fecero

l'amore sulla sua riva e alla fine rimasero a guardare il cielo come fossero Adamo

ed Eva nei giardini del Edem, il loro idilio però fu interrotto da un Brian spaventato

che irruppe nelle loro menti chiedendo aiuto…

"Venite presto, Leonard è caduto dentro un buco nella terra, correte qui per favore,

seguite le nostre coordinate, subito, e portate delle corde…"

Anche Omar ed Emma ricevettero il messaggio mentale di Brian e non persero un

attimo di tempo per reagire, quando li raggiunsero Brian era spaventato e impaurito…

"Cosa è successo?" Chiese Roman

"Non lo so, stavamo parlando quando la terra sotto i piedi di Leonard si è aperta e lo

ha letteralmente ingoiato, deve essere svenuto perché non riesco più a sentirlo, dobbiamo

scendere giu a cercarlo, avete portato le corde?"

"Si ma scenderò solo io, è inutile che rischiamo tutti di finire in trappola come dei topi."
Disse Roman.

"Ragazzi, c'è qualcosa che non va in questo mondo, vedete questi alberi? Non erano qui
prima, si sono spostati come per assistere al nostro spettacolo, non so come siano riusciti a
spostarsi ma fortunatamente sembrano innoqui e non c'è solo questo di strano, guardate
questi fiori, sono tutti rivolti verso di noi ovunque ci spostiamo come se seguissero i nostri
gesti, come se ci stessero valutando." Disse Brian

I nostri eroi si guardarono intorno e costatarono che era vero, tutti loro avevano avuto
l'impressione di essere osservati già dal momento del loro atterraggio.

"Affrontiamo un problema per volta e diamoci da fare, Roman sei pronto a calarti giù?"

"Si, sono pronto." Così dicendo si calò nel buio di quel cunicolo che sembrava scavato
da una talpa gigante, probabilmente uno dei tanti buchi scavati da un bucaterra, Roman
scese sostenuto dalla corda saldamente tenuta dai suoi compagni, scese e scese e cominciò
a temere per la sorte del suo grande amico, mancava l'aria la sotto e stava soffrendo di
claustrofobia poi finalmente il buco terminò e Roman atterrò in cima ad una pila di
vecchi materassi marci che qualcuno aveva accumulato sotto il buco e che avevano atutito
 la caduta di Leonard

Era svenuto ma sembrava ancora intero, non aveva ferite, solo un enorme bernoccolo
rosso che gli era cresciuto vicino alla fronte.

Roman lo scosse e Leonard lentamente tornò ad aprire gli occhi…
"Cosa è successo fratello, ho la mente confusa"

"Sei caduto dentro questo buco e hai sbattuto la testa amico mio, eravamo preoccupati,
vedo che non hai perso il vizio di ficcarti nei guai" Disse Roman

"Sono i guai che trovano me e non viceversa" Rispose Leonard

"Cos'è questo posto?" Si guardarono in giro e si accorsero di essere in un edificio sepolto,

 il pavimento era inclinato ma alla luce della torcia intravidero una parete piastrellata di

quello che una volta poteva essere un bagno da cui partiva un corridoio di detriti che portava

ad una porta aperta e oltre a quella porta gli parve di vedere delle luci tremolanti, come luci

di candele.

"Stai bene?" Gli chiese Roman

"Si, sto bene a parte il dolore alla testa"

"Ei! Laggiù, mi sentite? State bene?" Chiese Isabel

"Si, stiamo bene Bella, non ti preoccupare"

"Tornate su in fretta, la situazione che si sta creando quì sopra non ci piace"

"Solo un momento Bella, scorgiamo delle luci, gli daremo un occhiata poi risaliremo"

"Fate presto." Disse Omar

 Roman aiutò Leonard a rialzarsi, era sporco e pieno di terra…

"Andiamo" Disse e si incamminarono verso la porta, una scala scendeva nel buio, una

scala in marmo di qualche ufficio aziendale, scesero tre rampe di quella scala e si

 ritrovarono a camminare sui mattoni di un caseggiato caduto, seguirono la luce fino ad

una finestra aperta sul pavimento, si calarono di sotto e si ritrovarono in un enorme caverna,

 un piccolo e stretto sentiero si snodava nelle rocce e loro lo percorsero seguendo quelle luci tremolanti.

Il sentiero finiva ad una fessura molto stretta ma riuscirono ad oltrepassarla mettendosi di

fianco, strisciando nella roccia umida.

Non erano preparati a quello che videro e che li lasciò senza parole.

Là sotto c'era una città, là sotto c'era vita, c'erano persone umane, c'era corrente, le luci

tremolanti che avevano scambiato per fiammme di candele erano
schermi che trasmettevano continuamente strane publicità di cose
per lo più sconosciute ai loro occhi in una lingua
sconosciuta che loro non riuscivano a comprendere…

"Che io sia dannato!" Disse Leonard
"Chi sono queste persone e perché mai non vivono in superfice?" Si
domandò Roman

"Non facciamoci domande al momento, ora sappiamo che ci sono
ancora dei sopravvissuti, probabilmente sanno di questo passaggio a
giudicare dai materassi che hanno acumulato alla
fine di quel buco, ne parleremo con gli altri quando risaliremo in
superfice, se mai torneremo
per scoprirlo, ora torniamo su da loro, sembravano preoccupati."

Risalirono fino alla caverna e poi da lì risalirono dal cunicolo che
li aveva portati a quella
strana e bizzarra scoperta.

Quando spuntarono in superfice c'era solo Omar ad attenderli…
Fate presto, sono sempre più vicini" Disse indicando gli alberi che
nel mentre avevano
formato un cerchio intorno a loro come se fossero vivi e volessero
intrappolarli…

"Dove sono gli altri?"
"Alle navette, muoviamoci…"

Risalirono a bordo delle navette e tornarono a bordo di Rosalin
dove li aspettava una
sorpresa, Alan si era ripreso e stava bene ma si sentiva ancora
debole, tennero consiglio
per valutare i pro e i contro delle prossime decisioni che avrebbero
dovuto prendere in
base a quello che conoscevano e a quello che Alan avrebbe
ricordato.

(Anni di guerra)

"Chi siete voi?"
"Amici, non preoccuparti, qui nessuno ti farà del male, sappiamo che
hai un nostro organismo
ospite in te, come si chiama?"

Alan guardò Leonard e chiuse gli occhi e l'ospite che era in lui
riconobbe il suo re ed emerse per salutarlo.
"Pace Re Cosmos di Ivoria della costellazione di Taurus…"
Alan si profuse in un inchino appena accennato dato il suo stato
poi disse: "Io sono Cronos, tuo umile servo, comandami ed eseguirò,
pace."Disse
mettendosi la mano destra sul cuore e la sinistra chiusa a pugno
dietro la schiena
"Resta con il tuo protetto, è debole, debilitato, donagli forza
affinchè lui possa raccontarmi
la sua storia, così io ordino." Disse Leonard
"Così sia" Disse Cronos
Alan riaprì gli occhi e sembrò essere più presente e disse: "Avete
tutta la mia attenzione,
se siete amici del mio ospite siete anche miei amici e a quanto pare
mi avete appena salvato
la vita, cosa volete sapere?"
"Quanti anni hai?"
"15" Disse Alan
"Cosa ricordi della tua vita?"
"Guerra, terrore, perdita, paura e poi rassegnazione, credo che il
riassunto della mia vita sia
definito da queste cinque parole, ognuna delle quali orribile.
I miei genitori erano prigionieri nei campi, quei maledetti campi di
raccolta che altro non
erano che campi di concentramento, i blu attiravano i civili con
messaggi di speranza e
poi li imprigionavano, costringendoli a lavorare fino al collasso e chi
non resisteva lo
facevano fuori come un cane, o visto morire così tante persone,
persone innocenti, li
uccidevano con indifferenza dopo averli sfruttati fino alle ossa, i blu
sembravano
goderne della morte e della sofferenza dei suoi stessi simili.
Mia madre aspettava me quando furono catturati dalle milizie blu,
sono stato separato
da lei appena nato e non ricordo niente di loro, sono stato allevato da
una nutrice con lo

schiaffo facile e a furia di schiaffi ho imparato a non piangere più e sono fuggito, da allora
sono vissuto scappando, nascondendomi, sono diventato un artista della fuga, conoscevo
ogni pertugio di quel campo e per me questa mia abilità fù una fortuna perché ad un certo
punto i blu furono costretti a ritirarsi nel sottosuolo malgrado la protezione degli edifici isolati
 a causa dell'inquinamento altamente radioattivo, fuori dai punti di raccolta la gente moriva
come pesci presi all'amo, boccheggiando in cerca d'aria, nessuno li raccoglieva con le
conseguenze che potete immaginare.

Io però ero nascosto e quando tutti se ne andarono cercai un posto sicuro dove sopravvivere,
ero ostinato a sopravvivere, forse perché non avevo mai avuto una vita.

Cronos, il mio ospite mi ha protetto come ha potuto avvolgendomi in una bolla protettiva
ma ad un certo punto trovare qualcosa da mangiare era diventato impossibile così ho dovuto
scendere nella loro città sotterranea, l'avete trovata?"

"Per puro caso." Disse Leonard, sai chi sono quelle persone?"
"Feccia, e della peggior specie, per la maggior parte, gente affamata e malata ma non sono
tutti così, molti vivono nell'ombra cercando di essere invisibili come ho fatto io per molto
tempo, li chiamano "Mangia topi"gente che meriterebbe un'altra occasione per tornare a vivere,
sono tutto quello che resta di un umanità allo sbando, i blu li hanno abbandonati alla loro sorte
 come se fossero immondizia, io ho vissuto fra di loro per molto tempo rubando quel pò di cibo
che trovavo, tentando di non morire e di non diventare cibo a mia volta perché la sotto il
cannibalismo e una pratica molto in voga e i ragazzini sono una merce di scambio preziosa.

Quando hanno ultimato la costruzione delle navi sono risalito attraverso il buco e sono riuscito a nascondermi nella stiva dell'ultima nave pronta al decollo perché non ne potevo più di vivere la sotto, è un posto buio sporco e pericoloso.

Pensavo che una volta a bordo di quella nave avrei trovato il modo di sopravvivere ma poi apparsarsero quelle orribili sanguisughe, esseri veloci, bestie voraci, si sono cibate dei menbri dell'equipaggio e succhiato i loro organi come fossero delizie per le loro innumerevoli bocche, per giorni ho sentito le loro urla poi cadde il silenzio.

Non sapevo più cosa fare e avevo paura che quelle creature mi avrebbero trovato prima o poi così alla fine mi sono chiuso in quella teca perché ormai non stavo più in piedi, mi sono sdraiato ad aspettare la morte e ho continuato ad inviare messaggi mentali fino a che ho avuto la forza di farlo nella speranza che qualcuno con il mio stesso dono li captasse e alla fine mi sono ritrovato qui davanti a voi."

"Alan, perché vivono la sotto ancora adesso, in superfice il mondo è splendido, l'aria è fresca e profumata e non mi sembra che ci sia pericolo ora anche se in verità abbiamo percepito qualcosa di strano." Chiese Isabel

"Oh, per una ragione, il mondo di fuori e tanto bello quanto pericoloso, gli insetti sono cresciuti
in maniera esponenziale, le Arpie (Api mutanti) controllano i campi, i Redrag (ragni mutanti) dominano le foreste e i Dogreim (Mostri marini) dominano i mari, la natura e viva, gli alberi e i
fiori sono vivi, se ne aveste raccolto anche solo uno ora noi non saremo qui a parlare e fate molta attenzione alle Fryborg (Formiche mutanti), sono dappertutto, ci sono miliardi di cunicoli dove
vivono le rosse in cui e meglio non cadere e ci sono paludi e sabbie mobili a cui non ci si può avvicinare a causa delle Vampthor (Zanzare vampiro) gli insetti sono l'unica specie rimasta in vita sulla terra, il problema è che sono enormi e pericolosi e molto spesso in guerra per il controllo del territorio, l'essere umano lì fuori è solo cibo ormai."

"Sappiamo di questa situazione, gli insetti avevano cominciato a cambiare geneticamente prima
della nostra partenza ma non credevamo che si sarebbero evoluti fino a prendere possesso di questo pianeta."

"La vostra madre terra ha percepito la pericolosità dell'essere umano e ora lo rifiuta"

"Pensi che esistano altre città nascoste come quella in cui hai vissuto?" Chiese Leonard

"Tutta l'umanità o quel che ne restava è stata resa schiava dal nuovo ordine mondiale dopo la grande guerra e rinchiusa nei campi di lavoro forzato, gli uomini lavoravano senza sosta alla costruzione delle navi, le donne erano destinate a soddisfare ogni piacere dei soldati e i bambini erano diventati cibo, la pazzia la crudeltà e l'orrore erano diventati la normalità e chi tentava di opporsi veniva torturato davanti a tutti per giorni e giorni per soffocare anche la più remota idea di tornare ad essere liberi.

Tutti dipendevano dal ordine e non c'era più nessuna via di fuga da tutto questo, l'elite militare
degli alti ranghi faceva finta di non sapere, di non vedere e di non sentire la grande disperazione
di tutti quei derelitti senza più diritti ne speranze, ognuno pensava solo a salvare la propria vita a discapito degli altri, una società malata, corrotta fino al osso, destinata all'estinzione.

Non so se esistano altre città sotterranee come quella in cui ho vissuto ma è possibile
 che ve ne siano altre in prossimità delle basi militari sotterranee sparse in tutto il mondo e ormai abbandonate.

"Ora basta, ti lasciamo riposare, domani ci sposteremo per tentare di mappare le nuove terre nate
e per scoprire cos'altro ci riserva questa nuova era terrestre, se troveremo altre città nascoste come questa vedremo cosa fare, grazie Alan, il tuo racconto ci ha fornito informazioni importanti e ne terremo conto.
Forza, è ora di ritornare a nanna ora."

(Rosalin)

Il mattino dopo si riunirono tutti in sala comandi e si disposero alla partenza con l'idea
di mappare le nuove terre emerse sondando il terreno in cerca di altri insediamenti
umani se mai ve ne fossero quando Rosalin apparse virtualmente in carne e ossa davanti

a loro lasciando Leonard a bocca aperta…

"Ciao caro, volevo farti una sorpresa, spero che questa mia libertà non ti faccia arrabbiare,
volevo sentirmi come una di voi così ho sviluppato il mio Avatar virtuale ricavandolo dai tuoi ricordi…"

"Sei meravigliosa" Disse Leonard mentre una preziosa lacrima le sfuggiva sulla guancia…

"Buongiorno Rosalin" Dissero tutti meravigliati, era una bellissima donna con i capelli scuri,
gli occhi verdi e un sorriso incantevole

Leonard le si avvicinò e tentò di farle una carezza…
"Riesco quasi a sentire la tua pelle amore mio" Disse Leonard "Mi hai fatto una bellissima
sorpresa, grazie Rosalin"

"Prego caro, sono felice di piacerti, allora ragazzi? Dove si va?"
"Mapperemo queste terre" Disse Leonard "Imposta la rotta verso le nuove Americhe e
 attiva i sensori di movimento, vediamo che fine ha fatto la grande mela, la più grande
metropoli del mondo, faremo una scansione mirata di tutto ciò che si muove sopra o sottoterra,
 gli Antichi si aspettano una mia relazione entro domani sera, tieni gli occhi e le orecchie bene
aperte mia cara Rosalin"

"Attivo subito tutti gli intercettori, i sistemi di tracciamento, di avvistamento e di difesa perché la prudenza non è mai troppa"

"Parole sante mia cara Rosalin" Disse Emma
"Nel frattempo potete riposare, se i sistemi riveleranno anche la più piccola anomalia vi avviserò all'istante." Detto questo sparì così come era apparsa

Leonard guardò ancora un istante il punto dove era apparsa e scomparsa poi si rivolse ai compagni
e disse: "La incontrai molto tempo fa mentre cercavo di portare in giro il mio culo nero cercando di capire di che pasta fosse fatto l'essere umano, vivevo per strada sostenuto dalla carità di persone che non mi degnavano di uno sguardo quando mi elargivano qualche misero mezzo dollaro, Rosalin mi apparse davanti un giorno di inverno, pioveva a dirotto e io ero bagnato come un pulcino bagnato

e ad un certo punto lei si chinò a guardarmi e io me ne innamorai all'istante, non ho mai provato
nella mia esistenza un sentimento così forte e prorompente come quello che mi assalì l'anima
in quel momento poi lei sorrise e a me sembrò di annegare nei suoi occhi, mi mancava il fiato, ho pianto lì davanti a lei ma non di tristezza, quella sera ho pianto di felicità.

Lei continuò a sorridere poi mi tese la mano e mi portò con lei. Quando entrai in casa sua mi accompagnò in bagno, mi preparò degli asciugamani e mi invitò
ad entrare in vasca per ripulirmi poi senza dire una parola chiuse la porta sul mio sguardo inebetito.

Mi spogliai e preparai l'acqua nella vasca, non vi dico quanto grande fu il sollievo di potere
lavarmi dopo un anno di strada.

Quando ebbi finito trovai sul lavandino il neccessario per radermi e forbici per tagliarmi i capelli,
 mi ricordo che stetti in quel bagno molto tempo e quando alla fine ebbi finito mi guardai allo
specchio senza riuscire a riconoscermi.

Nel mobiletto vicino alla porta del bagno trovai un paio di pantaloni classici grigi e una camicia bianca, perfettamente stirata, vicino al tappetino un paio di mocassini neri sembravano aspettare me.

Venni fuori dal bagno che sembravo un damerino, lei mi guardò e io le chiesi: "perché io?"

"Non lo so, non ho mai fatto una cosa del genere ma e parecchio che ti vedo, ho sentito in qualche modo che avevi bisogno di una possibilità, è così?"

"Si" Risposi solo
"L'Avrai." Disse solo

"E me la diede, mi plasmò, mi modellò, come se fossi creta nelle sue mani, mi trasformò
nell'uomo che sono ora, trovai lavoro e non pensavo che a lei, parlavamo di diecimila cose,
era una donna inteligente, informata ma anche misteriosa perché mi parlava poco del suo lavoro,
io ne ero rapito e avevo per lei il massimo rispetto e devozione, ero completamente perso in lei,

ero innamorato e non mi aspettavo che lei ricambiasse il mio sentimento, avevo perso la fiducia
negli esseri umani e lei è stata il miracolo che mi ha convinto a lottare per voi.

Poi un giorno mentre insieme tagliuzzavamo la cipolla per il sofritto lei cominciò a lacrimare
e io non resistetti ad asciugare quelle prezziose lacrime con la punta delle dita, lei mi prese la
mano e mi diede un bacio nel palmo con una dolcezza straordinaria e io le accarezzai il viso,
la nostra storia d'amore nacque in silenzio e nel pieno rispetto di entrambi, non potrò mai
ringrazziarla per quello che ha fatto per me.

Un giorno d'estate scomparì così come era apparsa, tornai a casa e la aspettai invano per giorni
e giorni ma lei non fece mai più ritorno e dopo quella sera passai il resto della mia vita a cercarla
ma senza risultato, da quel poco che ho scoperto sembrava fosse un agente infiltrato facente parte
di una organizzazione che i blu definivano terroristica ma che in realtà lottava contro lo strapotere riscosso con la forza dai soldati blu dell'N.W.O.

Non ho potuto dirle addio e non ho potuto più relazionarmi con nessun'altra donna, per questo motivo ho inserito nell'inteligenza artificiale di questa nave la cadenza vocale e la personalità
della mia amata, per questo stasera sono rimasto a bocca aperta davanti alla sua immagine virtuale,
ve l'ho detto, questa nave è quasi viva e autonoma tanto che ora apporta da sola cambiamenti stupefacenti alla sua stessa struttura e programmazione, sta cambiando, si sta evolvendo come tutti
noi, il suo sogno e diventare umana e direi che è sulla buona strada. Questa è la nostra storia."

"Perché non c'è ne hai mai parlato prima vecchio" Disse Roman "Perché Rosalin mi ha lasciato dentro un vuoto incolmabile che ho sempre nascosto, una ferita
ancora sanguinante che solo la forza dell'amore ha potuto guarire e ora che ne dite di andarcene a nanna, domani ci organizzeremo in base ai dati che Rosalin raccoglierà nella notte."

Così, mentre i nostri eroi riposavano Rosalin volava a velocità di crociera sorvolando nuove terre dominate da montagne innevate e spettacolari, isole vergini di una bellezza paradisiaca e un mare blu tonante e impettuoso che andava ad infrangersi su scogliere sconfinate e altissime.

 Mentre i nostri eroi dormivano profondamente Rosalin li osservava, voleva evolversi, diventare reale, provare emozioni e sensazioni umane, così.. mentre una parte di lei si dedicava al lavoro che le era stato ordinato un'altra parte di lei lavorava alla realizzazione del suo avatar reale.

(Terra promessa)

L'indomani i nostri eroi si riunirono in sala comandi per verificare i dati raccolti da Rosalin
nell'arco della notte scoprendo così che la terra era popolata per la maggior parte da esseri
 invertebrati che svolgevano un ruolo cruciale nel nuovo ecosistema terrestre.

Analizzando i dati scoprirono che il loro esoscheletro in origine formato da sostanze organiche
 si era geneticamente modificato per via dell'intensità delle radiazioni che avevano assorbito dal terreno e dalla vegetazione contaminata sviluppando una specie di ormone della crescita sintetico
ed esponenziale in continua evoluzione.

All'improvviso Roman ricordò il suo sogno/incubo in cui aveva cavalcato la regina delle api sorvolando terre massacrate dalle guerre umane, dalla follia umana, la regina delle api che l'ho
aveva portato al cospetto della regina dei ragni, bellissima veloce e pericolosa.

Non era un sogno ma una visione di una futuro lontano dove la razza umana era diventata cibo
per insetti e non viceversa.

Sorvolarono il punto esatto in cui per latitudine e longitudine sorgeva anticamente la città di
New York e si fermarono sospesi nel cielo meravigliosamente azzurro di quel pianeta miracolosamente rinato.

L'unica cosa che era sopravissuta al tempo trascorso era il braccio che reggeva la fiaccola
ormai spenta da secoli della statua della libertà che spuntava dal terreno come emblema di quella
stessa libertà che l'essere umano aveva così miseramente calpestato.

Quel braccio levato al cielo era tutto quello che rimaneva di New York, scomparsa sotto terra, ingoiata dalla natura nel corso dei secoli.

"Caro, sto eseguendo una scansione sotterranea perché i sensori di movimento hanno intercettato
delle forme di vita a sangue caldo, fino a che profondità devo scannerizzare?"

"Fino a che quota possiamo scendere mia cara Rosalin"
"Posso eseguire un'analisi completa del terreno fino ad una profondità di duecento metri, eseguo
la scansione, potete seguire sul grande schermo la sua evoluzione."

Un raggio rosso scaturì da sotto lo scafo della nave illuminando il terreno e spargendosi a raggiera
li dove prima c'era solo mare e ora c'era terra e le immagini ad infrarossi evidenziarono forme di
vita indiscutibilmente umane che vagavano nel sottosuolo.

"Come potete vedere gli esseri umani ora sono una razza sotteranea, non escludo che ci siano altre sottocittà nel resto del pianeta."

"Atteriamo qui Rosalin, voglio rendermi conto di persona di chi siano queste persone e di come vivano, organizzeremo una spedizione, cerca un punto di accesso al sottosuolo percorribile per arrivare a loro."

"L'ho già trovato, c'è una caverna ad est di qui che porta probabilmente alla città sotterranea."

"Bene, andiamo allora."
La caverna indicata da Rosalin era nascosta dalla vegetazione, i nostri eroi atterrarono davanti alla
sua bocca scura e per niente rassicurante.

I nostri eroi si apprestarono ad entrare in quel'antro oscuro e maleodorante mentre i fiori li seguivano con lo sguardo e mentre gli alberi si muovevano impercettibilmente ma inesorabilmente verso di loro curiosi…

La caverna scendeva gradatamente ma avvertivano tutti un imminente pericolo, sentivano degli strani fruscii vicino a loro, insetti probabilmente.

Illuminarono le alte pareti di quella strana grotta e si accorsero che le pareti brulicavano di uova marroni e pulsanti, insiemi di uova grottesche che non presagivano niente di buono.

"Andiamo avanti" Disse Roman
I sensori portatili gli indicavano la via da seguire altrimenti si sarebbero persi nelle molte
diramazioni di quella immensa grotta.

Un enorme millepiedi sbucò da una di quelle diramazioni e si mosse sinuoso verso di loro
tracciando un solco nella roccia che si fondeva al suo passaggio, era di un colore rossastro e la sua bava puzzava di acido.

Si nascosero dietro le rocce e lo guardarono passare, il millepiedi gigante si intruffolò in un altro buco nella parete e scomparve alla loro vista.

Continuarono ad avvanzare titubanti, con le armi spianate, costeggiarono un fiume sotterraneo per
un centinaio di metri poi scorsero delle fievoli luci.

La caverna in quel punto si restringeva e furono costretti a procedere in fila indiana.
Ad un certo punto si ritrovarono ad un punto morto, davanti a loro una roccia di discrete proporzioni era posata a chiudere l'accesso alla porta che si celava dietro di essa.
Roman la spostò con facilità svelando quello che doveva essere l'ingresso a qualche base sotteranea.

Era chiusa dall'interno e sembrava sigillata. Non c'era modo di aprirla se non facendola saltare ma Roman non era dello stesso parere, si avvicinò alla porta e battè tre poderosi colpi sulla sua superfice arrugginita dal tempo.

"Aprite! Veniamo dal cielo"
"Molto romantico" Disse Isabel

"Pensi che ci sia davvero qualcuno ancora vivo in questo posto?" Disse Brian
"Potremo irrompere come una squadra S.W.A.T. facendo saltare la porta con il plastico e usando Roman come ariete sventolando i fucili a destra e a manca ma non sarebbe carino per chi si è seppellito qua dentro" Disse Emma

“E se fossero selvaggi? Se ci attaccassero?” Disse Brian
“Roman li fermerebbe.” Disse Omar

“Non sparate a nessuno, solo in caso di estremo pericolo, non siamo qui per farci dei nemici ma
per salvare vite”

“Si papà!” Disse Roman
Leonard lo guardò tra il serio e il divertito…

Poi sentirono dei rumori, voci lontane, qualcuno doveva averli sentiti…
“Visto? Basta bussare!” Disse Roman

“Preparatevi a reagire, possono essere ostili oppure no, tenete gli occhi aperti e fate parlare me” Disse Leonard “Conosco migliaia di lingue universali”

Da dietro la porta ora venivano delle voci confuse…

“Kruist crais cren cal vievorst?” (Chi siete e da dove venite?)
Chiese una voce da dietro la porta…
“Che io sia Dannato, questa lingua è simile a quella che ho appreso dai Clingoniani nella colonia di Astarot, in una delle colonie degli antichi, forse riusciremo a capirci”

“Iorfin go triesten accorobi nabu itret brnad ide avron machillede ior futugesti” (Aprite la porta, arriviamo dal Cielo e veniamo in pace)

“Imrten, goghi afreter Re Brutus magri infonra piches, primacetri eti friar toto anicred”
(Attendete, il nostro Re sarà qui a breve, solo allora apriremo la porta)

“Beh, è già un passo avanti, non sembrano troppo selvaggi” Disse Isabel
Attesero per poco tempo poi da dietro la porta udirono un rumore di antichi chiavistelli che
venivano aperti e la porta con uno sbuffo polveroso si aprì rivelando un corridoio lunghissimo illuminato da luci al neon tremolanti.

Un essere rugoso con il cranio bislungo deformato dalle radiazioni si distingueva dagli altri
per la sua altezza e la sua autorevolezza, era vestito di una tunica nera che le arrivava ai piedi
nudi e deformi come la sua testa e portava sulla fronte un diadema verde posto in una coroncina
d’oro bianco, probabilmenmte un grosso smeraldo.

"Crioschi tren asi Re Brutus nudion ner bufias osolodrom inet luedas avidiot escherus avi?"
(Sono Re Brutus, a cosa devo l'onore di questa visita?)
"Usiris grog vet deletos ertemede iop gudais clingonian" Gli disse Leonard
(Vedo che conosci la lingua dei Clingoniani)
"Ame vicare surret clingonian ater begtis figherot dilor soffere parevamenta it perua metiga assuentis lama porti in toto colina rivedicadis est merat unna duane rimder kiala vocassis it metora Re"
(La nostra nave ha subito molti danni e siamo stati costretti ad un atterraggio di emergenza in questo pianeta, questi umani ci hanno trovati e ci hanno accolto fra di loro e ora lavorano per me, ora sono il loro Re)
"Vrogro umanis Leonard ita Gaan, avis ambe galacticus, tiro masi det focoa gros da miad
eso terrestro medades acriso fundi mina , esta frichis melista agrofi et toto prace frasu dimferi sudu vrela fuscar"
(Io sono Leonard di Gaan, primo ambasciatore cosmico, siamo qui per verificare le
condizioni terrestri dopo la grande guerra, siamo in esplorazione per conto dell'antico ordine e veniamo in pace)
"Fregressa asmad suolud fesa nitni bufia grodos miutos, asi crodo asima vingerios berghi
nunutas, fusim bargia sucher caravasio sonfer unista semperio vitlis affiol ivi"
(Ne parleremo nelle sacre stanze, se volete seguirmi vi indicherò la strada ma dovrete lasciare
 qui le vostre armi, i miei soldati le custodiranno e ve le ridaranno quando ve ne andrete)
I sei del consiglio si guardarono, il Re sorrideva, un sorriso storto e strano, indecifrabile,
 i suoi compagni erano vestiti di stracci consunti e avevano un odore nauseante di sporco e
 sudore.
La situazione non piaceva a nessuno di loro ma avevavo Roman, era lui la loro arma senza contare
l'addestramento di Omar ed Emma e poi il re non lo sapeva ma loro comunicavano mentalmente, erano avanti, erano superiori, non avevano paura, erano in grado di cavarsela anche senza armi.

Le posarono vicino alla pietra che avevano precedentemente spostato e seguirono il re in quel cunicolo inquietante.

Il corridoio li portò ad una grande sala sovrastata da una passatoia di grate di ferro, sotto degli

esseri umani magri ed emaciati a torso nudo mangiavano da piatti bisunti, i loro occhi erano bassi

e la sala era presidiata a vista da molti Clingo armati di bastoni probabilmente eletrificati, quel

posto sembrava a tutti gli effetti una prigione.

"Roman, sembrano prigionieri, li dobiamo aiutare" Disse Isabel "Lo faremo mia cara Isabel ma per ora stiamo al gioco, voglio scoprire quello che stanno facendo

in questo posto orribile, il fetore e allucinante, sentiremo cosa ha da dirci questo fantomatico Re e poi elaboreremo un piano per liberare questi poveri esseri umani"

"D'accordo" Disse Isabel "Staremo al gioco"

"La pagheranno" Disse Emma

"Stai calma per il momento, agiremo quando Leonard lo riterrà neccessario, forse vuole tentare

di trattare, da quel diplomatico che è"

"Ti sento Omar"

"Gesù, non sono bravo a mascherare i pensieri"

"Tenete gli occhi aperti" Disse Leonard "Proverò a dialogare con questo cosidetto Re, cercherò

di carpirle delle informazioni perchè non riesco a leggerle la mente, e nemmeno voi credo, i suoi pensieri sono indecifrabili"

Il Re attraversò una sala ancora più grande dove degli esseri umani lavoravano a degli strani macchinari, magri ed emaciati come quelli della mensa, nessuno alzava la testa per guardarli,continuavano a fare il loro lavoro con gli occhi bassi, dai loro volti traspariva stanchezza tristezza e terrore, in una parola schiavitù.

Il Re proseguì il suo cammino senza una parola e prese un altro corridoio a malapena illuminato

che li portò ad una rampa di scale che scendeva nel sottosuolo, sentivano delle grida provenire da

una fila di celle poste sotto la loro passerella.

Un'altra scala li portò ancora più in basso e infine arrivarono alle sacre stanze di cui parlava Re Brutus.

Le sacre stanze li misero in soggezione, nelle ampie pareti si poteva vedere la storia della terra a partire dalle esplosioni nucleari della grande guerra, quella da cui la comunità di padre Amos di Campo Due era stata risparmiata.

C'era molto rosso in quei disegni a ricordare il sangue che gli esseri umani avevano versato,
c'erano le centrali nucleari distrutte dalla follia dell'uomo, da esse si affacciava la signora morte
con un gran ghigno pieno di denti, c'erano le lacrime degli esseri umani a formare un lago di
dolore, un lago fumante e acido, c'erano gli insetti giganti che cacciavano l'uomo strazziandolo
nelle loro fauci grondanti sangue, c'erano gli umani che si nascondevano in ogni sottosuolo
 terrestre per finire poi mangiati dalle rosse (Formiche giganti) e poi c'erano loro, gli schiavi,
 piegati, sconfitti, larve umane che si trascinavano fra gli stenti e l'aria mellifica e radioattiva,
c'erano ragni enormi che intrappolavano nelle loro tele questi uomini sfiniti, uomini di cui poi
con calma si cibavano, era come vedere uno spettacolo dell'orrore senza fine.

"Ietro puschin alamandra deste affil nieschi, aritoa benisci ien avi surret ingrandes i norcos chiramenti avestio meis da untra serfais, dunde retemud frechiantu mori"

(Come potete vedere questa è la sala del dolore, qui purifichiamo le anime ribelli, il loro
 sacrificio e neccessario, la mia nave ha subito molti danni e loro mi stanno aiutando
 a ripararla, in cambio io li tengo in vita) Disse Re Brutus

"Repetias advuanta demeri gurui afer tridia, scovre dimundia dianes firacoza abien vertuati
palimesi divena aptis, veco mundis demetrio medina asperis Clingonias mera vera quadi forces
di ona sorge ita bremorina"

(A quanto abbiamo visto non mi pare che la loro possa essere chiamata vita, per quale ragione eravate qui, se posso chiedere, il vostro pianeta è molto distante e da quel che so voi Clingoniani non vi spingete mai così lontano) Rispose Leonard

"Serc aven pistrisa dutramon despa surrida, prinfoigei merrua et silla, figoratis menua aspid
framan iso vegretia summia escherot foratis, mentiroa cabbal seratu besinia morqua sion futrebi
ema criso portuam"

(Anche noi eravamo in esplorazione ma ci siamo trovati in mezzo ad una pioggia cosmica subito dopo essere usciti dalla piega temporale, la nostra nave ha subito ingenti danni e siamo stati costretti
ad atterrare su questo pianeta primitivo) Disse Re Brutus

"Serata viagos nor toto apmundio, et crepe milaugurali Midius Re feret Saturnis asi perimia du umanas? moria fidia flutia semperes advintia lasu metranine? Esempla nurbana diperti maritoa rei
vas nonoteris bie vas"

(Quando la vostra nave sarà pronta che ne sarà dei vostri schiavi? La loro vita per voi non conta?
A quanto mi risulta il patto stretto dagli antichi con Re Midios della costellazione di Saturno non comprendeva la sottomissione dei popoli più deboli o primitivi) Disse Leonard

"Minercis avec et tirometis indiesi farat nunga, Anticos umnia depetris rimanenci, sanguire
Saturnis, et most padapasi idiosi metriari pedemecis insordia dima et suma, riquimistico nera rasi framentis antique formis rintro daretias iucresi, abetiam surafeci Midius Re, merigo aven faranade pessionir sofranis et nuade stasi efrem, refren"

(Non eravamo d'accordo con la politica di Re Midios, quelli come noi sono paragonati a dei
predoni, pirati spaziali, io e il mio equipaggio siamo stati banditi dalle rotte stellari Saturniane e abbiamo attraversato lo spazio tempo per sfuggire alla flotta di Re Midios, la sorte di questi primitivi non ci riguarda, noi siamo fuori dalle leggi dell'universo conosciuto) Rispose secco Re Brutus

"Quorades.. astimatec et insinnia foris argentia vec et mas reter surfais et toto mundi derape.
Ascon.. metris ade socoret asi lemateti sortie atetis chiasemir ripetute nupi et socorov stellaris,
apem etis fiacante mida arrendente fiomie urlantis moritura vergatis suma oriaco mentis nabla
et toto rifere milio argon isi balue pruda"

(Ora.. anche io ho delle domande e anche degli avvertimenti, vi ho accolto, vi ho ascoltato e
 vi ho risposto.
Ditemi..Avete una nave? Perché potrebbe interessarci, se siete disposti a mercanteggiare
possiamo ancora parlare ma se volete solo ficcare il naso nei miei affari per tentare di rovinarmeli allora vi intimo prudenza) Disse Re Brutus guardandoli con sospetto…
"Ious ambe valide et vistae lometri paradae dolomenti incra pisicates, lommiante et fortus isla
stragra ferrante gradie fimifi impalatis Anticus, freme pacis noburo, nemesis et rumus infidiante tat
vergonia ase istoria biasima, glusia secente Anticus grinde et lomeficut are, impos et mendes
villanis nemendece aspirus"
(Non mancarmi di rispetto, dovresti conoscere il mio nome a la mia carica, potrei denunciarti all'ordine supremo degli Antichi, state commettendo un reato galattico violando un pianeta
protetto, una colonia degli Antichi a cui tutti i popoli dell'universo devono obbedienza, e lo state facendo per scopi personali e senza autorizzazione)
"Ah ah ah, dimifece riatarus ambe demis Clingonians, mate riondinet parametralit et toto ira, et
assinar diamant groda girna et liberate, fredima opilante depirates meda, povina siraet ser cruter Anticus cambinia siar frogati et paria, et dogma ite americut rovasco ante quase et moriban urlant, fragresso ita et divertere progradi zone it funebra carafada intonso ema faing ata navis donap
avisie esplet rodarien vittimat armundie iso et mali aniet"
(Ah ah ah, caro ambascatore dei mie stivali Clingoniani, certo che so chi sei e mi sono divertito abbastanza, voi non farete più ritorno alla vostra nave, siete merce di scambio prezziosa, chissà
cosa mi offriranno gli Antichi quando sapranno che siete nelle mie mani, siete caduti in trappola
come degli allocchi, mi aspettavo di meglio da voi e come ciliegina sulla torta la vostra nave mi
fornirà i pezzi che mi servono per far volare la nostra)
Ognuno dei sei del consiglio si mosse all'unisono ma fu tutto inutile, il pavimento della sacra sala del dolore si aprì all'improvviso

sotto i loro piedi e i sei caddero ruzzolando uno sul altro dentro una fossa di cemento armato cosparsa di ossa umane, corpi in putrefazione e acqua fangosa e rossa di sangue e fu una fortuna perchè questi poveri resti gli atutirono la caduta.

La fossa era profonda e non c'era modo di uscirne, nemmeno per Roman.

Si rialzarono confusi mentre Re Brutus che Re non era e i suoi Clingo canaglia se la ridevano di gusto

 sopra le loro teste.

Omar li chiamò, Emma era ferita, una costola del cadavere su cui era caduta l'aveva trafitta, ad un passo dal cuore, Isabel anche lei ferita superficialmente gli si avvicinò e vide che la situazione era grave, avrebbero dovuto subito portarla nella nave e metterla nella teca della vita.

Re Brutus se ne andò con i suoi Clingo, il pavimento sopra di loro si chiuse e i sei del consiglio, rimasero al buio, in mezzo ai cadaveri smenbrati in putrefazione di decine di schiavi morti di stenti, Leonard aveva scelto di agire democraticamente come era abituato a fare ma in quel posto vigeva solo la morte, quella morte a cui sarebbero stati condannati marcendo in quella fossa in balia di quei pirati spaziali.

Nella fossa il buio fitto non gli permetteva nemmeno di verificare quanto sangue stesse perdendo Emma, Omar sapeva che era forte ma dentro era infuriato come un Toro per il dolore e la rabbia che

 provava, si erano fatti ingannare e ora sarebbe potuta succedere qualsiasi cosa, Brian tentava di tamponare la ferita di Emma che respirava a fatica, ogni suo respiro le provocava dolore, Roman e Leonard li ascoltavano preoccupati, quando erano entrati nella grotta era quasi sera, ora probabilmente era notte e Roman non pensava che prima della mattina quella trappola si sarebbe aperta, il tempo nel buio sembrava eterno e ogni minuto che passava avrebbe potuto essere l'ultimo per Emma, il fetore la

sotto era impressionante, non lo avrebbero mai più dimenticato.

Roman però aveva un piano, erano sicuri di averli in trappola e volevano la loro nave, se il suo

piano avesse funzionato Re Brutus avrebbe capito di avere commesso un terribile errore a mettersi contro il consiglio dei sei, non lo avrebbe ucciso, ci avrebbero pensato gli Antichi, Leonard approvò il suo piano, loro uccidevano solo per legittima difesa, non erano degli assassini.

Le ore passarono ed Emma resisteva poi il pavimento sopra di loro si aprì si accorsero che Emma

 si stava dissanguando.

"Repriem tosi, avalse mitte devais ardimenti? ipa et ior cusado aprivio estramenti une senuria avvementi plotate"
(Buon giorno signori, avete riposato bene? Avrei bisogno di sapere le coordinate della vostra nave,

 chi di voi ne è il pilota?)

"Plotate ist daren, one et ivi aben frati squariti estebia sorum ammettio curat"
"Il pilota e Lui" Disse Leonard indicando Roman "Permetteteci di curarla e vi daremo la nave"

"Ah ah ah, quisi siona et mericrate isi anacat forogan et moria aventis decra plotate rimos ante
ded et iosa, fruivia ad mancara benefictia remore"

(Ah ah ah, la vostra compagna è stata sfortunata e morirà disanguata, il vostro pilota ci
porterà alla vostra nave o morirà, non sperate nella nostra benevolenza)

I Clingo di Re Brutus calarono una scala di corda e Roman ci si avvicinò…
Omar lo guardò e il suo ordine mentale fu carico di rabbia.

"Roman, fai presto, nessuna pietà per questi esseri."
"Farò presto" Disse Roman guardandolo serio.

Roman cominciò a salire la scala e quando si apprestava ad uscire un Clingo lo colpì sul collo
con il suo bastone elettrificato e all'improvviso una forte scarica elettrica le invase il corpo
facendole sbattere i denti, Roman mollò la presa più per la sorpresa che per il dolore e cadde nuovamente di schiena in mezzo ai cadaveri affondando nel loro sangue e nelle loro ossa
immerse in quell'acqua putrida e puzzolente.

"Ah ah ah, niaba sacru abite dionisi diveni sanguorum surio crani insigne obedie, meriture
ascheri asi inversu et truci besta rimariseri discorde, ante isi et cor "

(Ah ah ah, nelle sacre stanze si sofre e si paga con il sangue il tradimento o la disobbedienza, non fare scherzi o pagherai con la vita, ora muoviti e sali)

Roman steso di schiena nella putrefazione e nel sangue li guardò con lo stesso odio di Omar,
non sapevano con chi avevano a che fare.

Roman risalì la scala lentamente, remissivo, a testa bassa ma non appena fu fuori Roman veloce
 Strappò il bastone dalle mani del clingo che lo aveva colpito e con quel lungo bastone di acciaio falciò i due Clingo alla destra del Re che caddero a terra, uno di loro finì dentro la buca finendo fra le grinfie di Omar che le saltò addosso con i sui centotrenta chili, gli prese il pugnale che portava alla cintura e gli tagliò la gola, Roman alzò il piede e schiacciò la testa al secondo Clingo come lo scarafaggio che era, il suo sottile cranio deforme esplose come un palloncino gonfiato troppo spargendo pezzi del suo cervello ovunque, il terzo Clingo alle sue spalle alzò uno strano fucile futuristico e gli sparò una raffica di proiettili di grosso calibro che gli si conficcarono nella schiena fumando, un uomo normale sarebbe morto all'istante ma Roman aveva un urmatura di titanio sottopelle e accusato il colpo reagì all'istante, si girò veloce, gli prese la testa fra le mani e gliela strappò dal collo.

Re Brutus a metà fra il sorpreso e il maravigliato si girò per correre a chiamare rinforzi ma non
fece in tempo ad oltrepassare la porta rossa della sacra sala.

Roman fece un lancio da campione e lo centro in pieno con la testa del terzo Clingo abbattuto che volò per la sala centrando il cranio di Re Brutus che stramazzò a terra nella polvere.

Tutto si svolse in un battito di ciglia, Roman era stato talmente veloce da essere quasi invisibile all'occhio umano perché Roman era una macchina da guerra, un perfetto assassino.
Roman prese il Re e lo trascinò fino alla buca poi tese il braccio trattenendolo per una caviglia e affacciandosi disse: "Ei Omar, ho un altro regalino per te" Aprì la mano e il Re cadde.

Omar fece per sgozzarlo ma Leonard lo fermò.
"Aspetta Omar, lo porteremo con noi, pagherà caro i suoi crimini, gli Antichi non sono clementi davanti ad esseri così spietati e crudeli,
sara la nostra carta per uscire di qui, più tardi torneremo per finire il lavoro, ora dobbiamo fare presto, Emma ha i minuti contati, dobbiamo portarla da Rosalin, coraggio"

"Come vuoi" Disse Omar

Il re si svegliò e Omar lo guardò, gli sorrise e gli disse: "Ciao, Re dei miei stivali"

"Libera vecis krenobi trapien et posate imcifeima aromentis asi" (Liberatemi e non vi succederà niente, non uscirete da qui)

"Roman, prendi Emma e non appena saremo fuori corri alla nave, non abbiamo tempo da perdere, Brian, Isabel, restate nel mezzo, Il Re ci farà da scudo, i suoi uomini ci faranno passare se non vogliono la sua testa in un piatto d'argento, avanti"

Risalirono nelle stanze sacre ma non trovarono nessuno ad attenderli, le altre guardie Clingo non si erano ancora accorti di quello che era successo.

Facendosi scudo con il re ritornarono sui loro passi e quando le guardie alla fine li videro Leonard disse: "Liacivante dimafora inferimenti ripevara Re et mortifera adveni"

(Toglietevi di mezzo o il vostro re perderà la testa) Omar le teneva saldamente il coltello

alla gola e ora era il Re che sanguinava.

I Clingo guardiani si fecero da parte sotto gli occhi stralunati degli schiavi che ora li

guardavano con una speranza nel cuore.

Arrivarono finalmente alla porta di quella folle prigione e Roman uscendo partì a razzo con

Emma in braccio che rantolava di dolore ma era ormai stremata e quasi dissanguata, era una brutta ferita.

Arrivato alla nave la mise immediatamente nella miracolosa capsula vitale, il dono

più grande degli Antichi e dopo qualche minuto arrivarono anche gli altri e si riunirono tutti intorno

a lei ad aspettare l'esito degli esami che la macchina stava eseguendo.

Non avevano molte speranze ma Emma era una guerriera, avrebbe lottato.

Gli esami confermarono la sua gravità, Emma aveva un polmone perforato e aveva perso fiumi

di sangue, le probabilità che si salvasse erano esigue ma quella macchina operava dei miracoli

e loro avevano bisogno proprio di questo, Omar era distrutto, la amava più della sua stessa vita.

Isabel piangeva e Roman tentava di calmarla, era la prima volta
che viveva un esperienza come questa, tutto quel sangue, tutta quella
cattiveria, sembrava che la terra fosse stata condannata al
dolore.

(Rosalin)

Mentre i nostri eroi erano impegnati nella loro ricerca Rosalin
vagava sopra di loro fantasticando, lavorava alacremente alla sua
copia umana, sarebbe stata la prima nave Saiborg dell'universo
conosciuto, era ambiziosa, possedeva un inteligenza artificiale
avvanzata ed era viva
 a tutti gli effetti, l'unica nave della flotta degli Antichi dotata di
sentimenti umani, Leonard aveva chiesto e ottenuto il permesso dagli
Antichi per umanizzare Rosalin perché Leonard era un essere unico,
immortale, aveva secoli di esperienza sulle spalle e milioni di
missioni una più complicata dell'altra svolte in maniera esemplare,
Rosalin lo amava e il Saiborg che stava creando era in tutto
e per tutto tratto dall'anima e dall'aspetto fisico della vera Rosalin,
voleva essere lei e ci sarebbe riuscita, finalmente avrebbe potuto
abbracciarlo per davvero, non solo virtualmente, finalmente avrebbe
potuto provare emozioni e sensazioni fisiche e non solo mentali.
Una parte del suo cervello era puntato all'entrata di quella grotta,
concentrato sui parametri vitali
di ognuno dei sei del consiglio, quando Emma fu ferita i suoi
indicatori vitali passarono dal verde a giallo per poi restare sul rosso.
Rosalin comunicò immediatamente a Leonard di rientrare, era
preoccupata e se ne stupì,
 i sentimenti umani che sentiva diventavano senpre più dirompenti, il
suo programma lavorava a
ritmo continuo al suo cambiamento.
Quando Leonard gli descrisse la situazione in cui si trovavano
Rosalin si sentì impotente, e anche arrabbiata, era una nave da caccia
non una persona, non ancora, scannerizzò la grotta per cercare di
individuarli e ci riuscì ma capì subito che non avrebbe potuto
raggiungerli in nessun modo e rimase in attesa di ordini ondeggiando
davanti alla grotta come un falco nel vento.
Alle prime luci del mattino vide Roman correre verso di lei
portando in braccio Emma, Rosalin atterrò e aprì il portello per farli

entrare, aveva già preparato tutto e la teca di vetro della capsula
vitale era pronta ad accoglierla.

Ora erano rientrati tutti, sporchi e pieni di sangue, avevano un
odore micidiale di morte addosso, erano tristi e avevano portato un
ospite, una razza che Rosalin conosceva, un Clingoniano.

"Rosalin, apri la gabbia di sicurezza, abbiamo un ospite"
"Subito caro" Le rispose lei

Una volta messo il Re al sicuro i nostri eroi tennero consiglio
mentre aspettavano gli esiti dei molteplici esami che quella
macchina stava elaborando e alla fine il suo responso non fu certo
dei migliori, Emma era grave e aveva meno del 10% di probabilità di
cavarsela, Omar era ormai quasi rassegnato al fatto di poterla
perdere per sempre, la loro vita insieme aveva legato le loro anime
a doppio filo e gli sembrava che il cuore gli si spezzasse.

Attesero tutta la notte mentre la macchina continuava il suo ronzio
mentre pensava e operava,
mentre la sue molteplici braccia di un materiale sconosciuto agli
esseri umani si muovevano
veloci e sicure, tagliando, cucendo.

Il mattino dopo si svegliarono di colpo mentre la macchina
parlava, erano ancora intorno ad
Emma ed erano crollati nel sonno per la stanchezza.
"Probabilità attuale di guarigione 70%, stato di salute buono,
polmone rigenerato, perdita di
fluido rigenerato, attività cardiaca buona, ferite in fase di
rigenerazione, si consiglia riposo
assoluto per le prossime trenta lune"

Omar si alzò incredulo e pur sapendo che quella teca di vetro era
solo una macchina, andò
ad abbracciarla…

"Grazie, di cuore" Disse mentre guardava il viso calmo e tranquillo
di Emma al di là del
vetro.

(Cambiamenti)

Emma si riprese nel giorno della sesta luna e quando si svegliò
cercò il suo uomo.
Omar le andò vicino e pianse nuovamente mentre lei lo accarezzava.

Da quando erano approdati a Xedoria non erano più stati in pericolo, avevano continuato ad addestrarsi ma lì in quel mondo non dovevano più lottare per la vita, a Xedoria la loro esistenza
 era completamente diversa, vivere in pace forse li aveva rammolliti ma vivere in pace era meraviglioso, Xedoria era un pianeta in evoluzione estremamente pericoloso ma come la terra,
 un pianeta bellissimo e affascinante, i leonidi si erano dimostrati collaborativi e simpatici
alla fine e tutti loro vivevano in pace e nel pieno rispetto del mondo che ora li ospitava.

La terra invece aveva subito una trasformazione incredibile, come se avesse preso
consapevolezza del pericolo rappresentato dagli esseri umani confinandoli sottoterra come
degli schifosi insetti.

A breve sarebbero tornati in quella caverna armati e avrebbero liberato quelle povere
anime tenute in schiavitù sperando che le conseguenze della loro fuga non si fossero ripercorse
sugli schiavi che ora erano una loro responsabilità.

Stavano discutendo su questa missione quando Rosalin entrò nella sala di comando e non era un ologramma.

Leonard si alzò e la guardò..
Lei le andò vicino e lentamente lo abbracciò, assaporando ogni istante di quel gesto umano così intimo.

Dopo un attimo di smarrimento anche Leonard la abbracciò, fu una cosa strana che commosse tutti.

Quando si staccò da lei Leonard la guardò…
"Sei bellissima..ma come hai fatto? La tua pelle, il tuo corpo, sei così vera.."
Sono anni che ci lavoro, volevo essere una donna, avere un corpo con cui muovermi, volevo sapere cosa si prova ad abbracciare l'uomo che amo, so che sono e resto una macchina ma volevo essere fisicamente con te caro, ora potrò seguirti la fuori, proteggerti, dammi questa possibilità, sento il bisogno di provare delle emozioni, il mio sistema si sta evolvendo grazie ai sentimenti a cui tu mi hai dato accesso."

Roman, Isabel, Omar, Emma e Brian la guardavano stupefatti, se non avessero saputo che era un Saiborg l'avrebbero scambiata per un vero essere umano, non c'era nessuna differenza nei gesti, nelle movenze o nel suo sorriso ne nei suoi occhi.

"Mia cara, sei strabiliante"
"Ora sono una donna a tutti gli effetti, annessi e connessi" Disse Rosalin

Isabel e Roman si guardarono, Omar e Brian sorrisero cercando di mascherare al più presto improvvise visioni sconce, la telepatia era una cosa pericolosa, a volte i pensieri erano così
improvvisi che era difficile nasconderli.

Leonard li guardò severo..
Emma era ancora a letto ma era fuori pericolo con immensa soddisfazione di tutti.

(Liberazione, bunker sotterraneo)

I sei del consiglio interrogarono Re Brutus sottoponendolo ad una tecnica di teleterapia, le loro
menti unite sfondarono le difese mentali del Re e ogni informazione contenuta nel sua mente fu svelata, il Re gridò e li maledisse ma alla fine non potè fare altro che cedere, sconfitto.
Le informazioni contenute nella mente di Re Brutus avrebbero permesso agli Antichi di avere una possibilità di strategia in caso di un attacco delle Orde Nere.
Intanto Rosalin aveva scoperto che cera un secondo passaggio possibile per entrare nella base,
attraverso il fiume sotterraneo che scorreva sotto le grate dei bagni, per raggiungerlo avrebbero dovuto seguire la seconda grotta alla destra della porta da cui erano passati precedentemente e poi avrebbero dovuto seguire la corrente del fiume fino ad arrivare al loro punto di accesso.

Intanto i Clingoniani rimasti erano impegnati a portare avanti il più in fretta possibile le riparazioni
della loro nave, molti schiavi perirono di stenti e fatica sotto le loro fruste, molti di loro vennero
gettati nella fossa.

Il loro equipaggio era formato da dieci uomini compreso il re che poi non era altro che il
capitano di quella nave cargo pirata che tentavano ancora di riparare, tre li avevano uccisi e

il Re era in mano loro, ne rimanevano sei.

Non fù difficile, silenziosi come serpenti Roman Omar e Rosalin li atterrarono ad uno ad
uno senza ucciderli, dovevano tutti avere un giusto processo che si sarebbe tenuto alla sala del sacro consiglio degli Antichi, Rosalin si dimostrò veloce e pericolosa, aveva appreso le nozioni di ogni tipo di lotta umana e li stupì di nuovo dimostrandosi un ottima alleata.

Gli schiavi si ricordarono di loro e sulle prime credettero di essere passati dalla padella alla brace
 ma poi quando capirono che la loro prigionia era terminata successe una cosa commovente, molti
 si abbracciarono piangendo mentre altri ritrovarono il sorriso che i Clingoniani gli avevano spento, erano magri come dei prigionieri di guerra rinchiusi in un campo di concentramento nemico,
 avevano visto morire molti loro compagni ed erano ormai rassegnati a fare la stessa fine.

Leonard scese insieme Roman e Rosalin dal camminamento superiore e disse: "Sono Leonard di Gaan, ambasciatore supremo dell'ordine degli Antichi, c'è qualcuno fra voi che conosce la nostra lingua?"

Dal fondo della sala una voce rispose: "Io Ambasciatore"
"Vieni avanti e non avere paura, la vostra schiavitù finisce oggi, siamo qui per aiutarvi"

Un vecchio cadaverico si fece timidamente avanti e si inginocchiò davanti a Leonard…

"Ti prego, non siamo i tuoi nuovi padroni e io non sono un Dio, alzati vecchio, ora sei libero"

Il vecchio lo guardò e si alzò a fatica, Rosalin lo aiutò a rialzarsi…
"Io vi ringrazio, a nome di tutti, chiunque voi siate, è molto molto tempo che non vediamo più un essere umano, avevamo completamente perso le speranze, vi ha mandato il cielo, grazie a Dio"

"Da lì veniamo, vecchio, ed è li che vi porteremo, fra poco torneremo alla nostra nave e vi
ofriamo un'altra opportunità se verrete con noi, avete bisogno di cibo e di acqua, avete bisogno di rimettervi in forze, quanto tempo è che siete qui sotto?"

"Da più di centocinquanta anni non vediamo la luce del sole,
all'inizio eravamo 1300 persone in questo Bunker, ora siamo rimasti
in 300!"

"Che cosa e successo qui? Come sono riusciti a soggiocarvi tutti, a
piegarvi?"

"Sono arrivati di notte e si sono impadroniti delle nostre misere
riserve di cibo e noi non avevamo armi per combatterli.

All'inizio ci hanno proposto un accordo, se avessimo lavorato per
loro, se li avessimo aiutati a riparare la loro nave loro se ne
sarebbero andati ridandoci la nostra libertà ma poi le nostre scorte
alimentari finirono e le riparazioni si fermarono, nessuno poteva
andare avanti a lavorare senza cibo per sostenersi e fu allora che la
mia gente cominciò a morire, per giorni e giorni nessuno di noi ha
avuto di che cibarsi poi i Clingoniani trovarono il modo di sfamarci,
quelli fra di noi che erano anziani o troppo deboli cominciarono a
sparire e dopo qualche giorno Re Brutus, che Dio lo maledica, ci
costrinse al cannibalismo, ci davano in pasto i nostri vecchi
compagni e amici.

Quelli che si rifiutavano di mangiare venivano a loro volta uccisi e
fatti a pezzi nelle cucine
 dei sotterranei.

Allora cominciammo a mangiare, che altro potevamo fare?
Abbiamo tentato più volte di
organizzare in gran segreto una rivolta ma fu tutto inutile e ancora
più doloroso.

Quelli che loro consideravano traditori venivano appesi al centro
delle sacre sale e frustati a morte, dopo di che venivano macellati e
le loro carcasse venivano scaricate nella fossa, un orrore senza fine,
siamo sempre vissuti nella paura e nella rassegnazione pensando che
il nostro destino fosse quello di morire un questo posto orribile e
pieno di fantasmi che gridano vendetta, lasciateli a noi, faremo
giustizia, ne abbiamo bisogno"

"La vostra storia è molto triste vecchio e capisco, comprendo il
vostro dolore e la vostra rabbia ma credetemi, esiste un bene
supremo che giudicherà questi esseri brutali, sarete vendicati e
quando un giorno riuscirete a superare il dolore che vi affligge le
vostre vite cambieranno, vi abbiamo liberato,

vi sfameremo e vi aiuteremo a raggiungere un mondo nuovo dove potrete essere finalmente in pace, dove forse ritroverete la vostra umanità perduta, abbiate fede in me, abbiate fede in noi."

"Così sia ambasciatore, vi dobbiamo rispetto per quello che avete fatto e per quello che farete per noi, la speranza in questo posto era pericolosa, molti di noi sono nati e morti qui dentro senza mai vedere il sole, chiedo troppo se azzardo una richiesta?"

"Quello che vuoi vecchio, Dio diceva "Chiedi e ti sarà dato." Avanti dimmi!"
Possiamo uscire la fuori? C'è ancora un mondo la fuori?"

"Il vostro mondo è cambiato, e vivo, meravigliosamente vivo ma pieno di pericoli, potete uscire,
vi guideremo noi ma restate vicini e non vi allontanate dalla nostra nave."

"Obbediremo, ambasciatore, vi affidiamo la nostra vita, se siete stati mandati dal cielo allora le nostre preghiere sono state ascoltate, fate strada, abbiamo bisogno della luce del sole"

"Coraggio allora, seguiteci, con calma, non fate ressa, non spingete e aiutate chi e debole o malato,come ti chiami vecchio?"
"Mi chiamo Freddy Raicher e sono, ero un poliziotto prima della grande guerra"

"Sei tu ora a capo di queste persone?" Gli chiese Leonard
"No, non abbiamo capi e prima del vostro arrivo evitavamo perfino di conoscerci per non sapere
chi di noi finiva a far da cibo, psicologicamente era diverso mangiare i resti di uno sconosciuto che
quelli di un amico o della tua stessa moglie o figlio, è stato orribile, non lo dimenticheremo mai"

(Xedoria, Tessa e John della terra)

Da quando i sei del consiglio erano stati mandati in missione Padre Amos il saggio e John della
terra erano le maggiori autorità della comunità umana, John che lavorava ed era sempre insieme ai vari artigiani cominciava a carpire nei loro pensieri domande scomode riguardo alla sua relazione con Tessa, non erano pensieri critici ma solo curiosi, tutta la comunità ormai era consapevole del fatto che ogni loro pensiero era condiviso a tutti a meno di non costruirsi un riparo mentale di qualunque

genere per schermare quei pensieri a volte anche pericolosi che
potevano mettere in pericolo la loro profonda unione ma non era
facile, un pensiero ti passa per la testa in un millessimo di secondo e
a volte potevi vedere i pensieri reali di chi magari lavorando
indaffarato non riponeva immediatamente quei pensieri nel loro
rifugio mentale.

John allora, stanco di nascondersi, sentendosi forte del suo
momentaneo incarico di capo della comunità essendo il legittimo
figlio del grande Omar, decise di ufficializzare la sua unione con
Tessa del popolo leonida davanti a tutta la comunità riunita.

Prima di farlo però decise di tenere consiglio con Padre Amos
quella sera stessa.

 "Padre, o una richiesta da fare e spero di avere la tua
considerazione.

Come sai io da alcuni mesi frequento una ragazza leonida, molti
sono i pensieri che sento per questa mia storia, non sono pensieri
cattivi, solo curiosi, per questo chiedo un tuo consiglio sulla
decisione che ho preso, ossia quella di rendere ufficiale la nostra
unione, davanti alla comunità tutta e davanti al gran consiglio
leonida, spero che sarai d'accordo con me e vorrei che fossi tu ad
unirci, io e Tessa siamo stanchi di nasconderci, so che non è una
situazione normale e so che questo potrebbe innescare un precedente
evolutivo della nostra razza perché la nostra unione darebbe il via ad
altre relazioni come la mia."

"Hai ragione figlio mio, il nostro destino ci pone sempre davanti a
scelte difficili, dimmi.. tu ami questa ragazza?"

"Si padre, la amo profondamente e lei ama me, non torneremo
indietro sulle nostre

 decisioni, ne parlo con te per evitare l'esilio a cui saremo costretti se
non avremo la vostra benedizione, Tessa dice che il problema risiede
nel nostro consiglio, le leggi leonide danno a Tessa assoluta libertà
di scelta, hanno molto rispetto delle loro femmine, vorrei avere la
sua stessa libertà."

"Capisco la tua richiesta e comprendo la tua bramosia nel
manifestare il vostro amore e la vostra unione davanti a tutti, so che
da un po' di lune sei diventato l'argomento del giorno nei pensieri
collettivi e non ti nascondo che la cosa mi ha un po' preoccupato, i
frutti della vostra unione
potrebbero subire delle svolte imprevedibili.

Suppongo di non poterti chiedere di aspettare il ritorno dei sei del consiglio ma vedo che siete determinati a compiere questo passo al di là delle decisioni del consiglio stesso
e io non voglio assolutamente il vostro esilio, l'amore non è un peccato, l'amore va al di là di
qualsiasi differenza, l'amore è l'unica sostanziale forma di rispetto per la vita che gli Antichi ci
hanno donato permettendoci di vivere in questo paradiso, ci hanno dato una nuova possibilità,
forse questo tuo gesto unirà ancora di più i nostri due popoli.
Quindi.. organizzerò la cerimonia con il gran consiglio leonida e celebrerò io stesso la vostra
unione come da tua richiesta, sarà una grande festa, così io dico, mi metterò in contatto con i sei
del consiglio per discutere questa decisione ma cercherò di assecondare le tue richieste, nel
frattempo smettete di nascondervi, diramerò un pensiero primario a tutta la comunità, chiunque
abbia qualche obbiezione alla vostra unione non dovrà fare altro che presentarsi davanti alla mia persona ed espormi le sue preoccupazioni, ci penserò io a fargli capire quale immensa grandezza
abbia la parola "amore universale"
"Ti ringrazio padre per la tua comprensione, Tessa ti piacerà"
"Ne sono sicuro figliolo, ora vai in pace, in questo mondo siamo liberi, nessuno deve nascondersi, specie per nascondere un sentimento come l'amore che provi e che ti rende
migliore e completo ogni giorno della tua vita"
"Ti saluto padre, vado a dare questa bella notizia a Tessa, ne sara felice"
"Bene, vai in pace John della terra"
"Pace a te padre" Rispose John orgoglioso di essersi impuntato, stava diventando un uomo come
suo padre, grosso, forte e autoritario, sarebbe stato lui il futuro capo della comunità.

(Gloria della terra)

"Svegliati dormiglione, non ti darò tregua fino a che mi racconterai tutto per filo e per segno"

"Lasciami dormire ancora un po'" Disse John "Oggi ho una giornata piena, per favore sorellina"

"Mi dai ai nervi quando mi chiami sorellina, quasi quasi ti preferivo prima, hai smesso di inseguirmi e anche ora mi stai guardando con un espressione da ebete, sei proprio cotto orso Yoghi, di un po', ti stai rammollendo forse?" Gloria parlava continuamente, al posto della bocca aveva una mitraglietta sempre carica…

"Sono cresciuto" Disse John
"Sei ingrassato" Disse lei

"Uff, e va bene, ho capito, mi arrendo"
"Molto saggio da parte tua, ora tira su le chiappe dal letto e raccontami tutto, so che il consiglio ti a dato carta bianca, sei davvero sicuro da fare questo passo?"

"Si sorellina, è vero, questa volta hai ragione, tutto quello che so è che la amo, il resto non ha più importanza, non posso vivere senza di lei, vedrai, Tessa ti piacerà"

"A dirti la verità ne sono un po' gelosa, mi mancherai tantissimo, ora a chi romperò le scatole ogni mattina di ogni giorno?"

"Troverai un'altra vittima da fucilare ma non credere, anche tu mi mancherai sorellina"

"Dici davvero?"
"Certo che dico davvero ma è ora che ognuno di noi faccia la sua strada, piuttosto dimmi un po',
quanti cuori hai strapazzato fino ad oggi?"

"Cosa insinui orso Yoghi"
"Sai almeno quanti nostri amici farebbero follie per avere una storia seria con te?"

"Oh, sono tutti "insalamati" Non ho ancora trovato nessuno che mi sappia tenere "testa""

"E che mi dici di Sid Gariel, è uno tosto, è inteligente ed è completamente perso per te,
lo so perché me lo ha confidato lui"

"Sid Gariel? Oh mio Dio, quando mi parla balbetta ed è completamente insicuro, non è il
mio tipo"

"E qualè il tuo tipo?"

"Beh, non so, vorrei provare qualcosa di diverso, come hai fatto tu ma non voglio pensarci ora,
domani il mio fratellone si sposa e siccome le voglio bene accetterò anche la sua compagna di
vita, per quanto diversa e particolare, forse con il tempo diventeremo amiche, chissà"

"Grazie sorellina, pensavo che ti mettessi sul piede di guerra, vieni qui, abbracciami"
"Cosa? Non ci provare nemmeno orso Yoghi, non ho intenzione di versare lacrime per te,
 mamma! John mi prende in giro!" Urlò Gloria

Dal basso come sempre arrivò la voce di Isabel come sempre…
"JOHN, QUANTE VOLTE TI HO DETTO DI LASCIARE IN PACE TUA SORELLA?"
John sorrise e anche Gloria lo fece, era il loro gioco preferito.

(Libertà)

Quando i prigionieri uscirono fuori da quel lurido bunker si dovettero coprire gli occhi, era
una giornata stupenda, nel cielo nuvole di panna montata erano ferme nel cielo come grandi navi,
il sole splendeva beato e il vento era fresco e profumato, grandi fiori di vari colori si girarono
verso di loro, grandi alberi agitarono le loro chiome autunnali avvanzando nel terreno verso di
 loro.

Fu strano e inquietante il loro comportamento, i fiori si spostarono e gli alberi si disposero a
formare un grande viale ombroso, come per indicarle una direzione.
In fondo la nave da caccia di Leonard aspettava in attesa di ordini, collegata mentalmente a Rosalin Saiborg.

Da lontano una grossa e vecchia quercia si spostava nel terreno come fosse mare e venne verso
di loro.

I sei del consiglio rimasero fermi e immobili ad osservare quello strano fenomeno.

"Non vi muovete" Disse Leonard

La grande quercia arrivò davanti a loro e si sporse lentamente accarezzando il vento, la loro mente fu invasa da pensieri alieni, la vecchia quercia comunicava con la loro stessa natura umana attraverso le sue radici, sondava i loro pensieri in cui non c'era cattiveria alcuna poi gli parlò, una voce fatta di molte voci gli tuonò nella mente:

"Umani, non vi è permesso restare in superfice, la madre terra vi ha bandito!"
I sei del consiglio si portarono le mani alle orecchie davanti a questa moltitudine di voci che le
fece sanguinare il cervello ma poi una nuova voce si insinuò per dare una risposta all'insieme, era Rosalin, avvolta nella stessa tuta rossa e attillata che indossava Leonard.

"Permettici di presentarci, noi siamo viaggiatori stellari, incaricati dal sacro ordine degli Antichi
e veniamo in pace.

Siamo qui per preservare la vita e non per distruggerla, non abbiamo nessuna intenzione di
restare nel vostro mondo, siamo osservatori neutrali, il nostro giudizio sarà riportato agli Antichi
che decideranno se la terra potrà essere una loro colonia, un oasi protetta dove la vostra natura
potrà vivere e prosperare senza la minaccia umana"

La quercia si rivolse a Rosalin…
"Tu non sei umana, perché vuoi assomigliarle?"

"Per amore" Rispose Rosalin
"Come puoi amare l'umano?"

"Non sono tutti dei distruttori, questi umani credono nell'amore, nell'amore universale che
gli Antichi difendono e proteggono, questi poveri umani che vedi alle nostre spalle erano stati schiavizzati da esseri venuti dalle stelle, esseri malevoli che noi combattiamo in ogni dove,
lasciateci terminare la nostra missione di recupero e noi vi garantiamo che nessun altro essere
ne umano ne alieno potrà più disturbare la vostra natura e l'equilibrio che avete ricreato, avete
la nostra parola, la parola degli Antichi che è legge universale di ogni sistema conosciuto in
cui ci sia vita da preservare"

"E sia" Disse la vecchia grande quercia "Parli bene ma i miei fratelli vi osserveranno e i nostri eserciti vi attaccheranno se compirete dei misfatti verso la nostra natura, siamo dappertutto, siamo un unico insieme, la nuova fase terrestre si verificherà molto presto, molti saranno i cambiamenti, per ora abbiamo un accordo, guardate di rispettarlo, la vostra udienza e la vostra permanenza qui è finita"

Ciò detto gli alberi si allontanarono per farli passare e i sei insieme a Rosalin seguiti dagli
 schiavi tornarono alla nave per organizzare il trasporto di quelle povere anime, Rosalin le avrebbe portate alla nave madre che avevano lasciato nello spazio dove sarebbero stati messi nelle capsule criogeniche per poter affrontare il viaggio di ritorno a Xedoria.

La nave madre ne conteneva 400 e non era altro che un estensione di Rosalin.

Il giorno dopo Leonard riunì tutti nella sala comandi.

 "Teniamo consiglio" Disse Leonard "Rosalin, mettici al corrente"

"Fino ad ora abbiamo scansionato buona parte delle terre non ancora sommerse, abbiamo esplorato molti posti e molti buchi e bunker senza rilevare tracce di vita a parte la città sotterranea da dove arriva Alan.

La nostra missione è quasi terminata e ci rimane solo un altro punto da esaminare, ci
 stabiliremo fra poco secondo le coordinate dove dovrebbe trovarsi la Cina o quel che ne resta.

Ho rilevato un segnale variabile, di natura umana proveniente da quelle terre, quando arriveremo scansioneremo il punto con il sonar di profondità e mapperemo il sottosuolo nel caso il sonar rivelasse una struttura." Disse Rosalin

"Ti sei comportata molto bene la sotto mia cara, meglio di quanto non avrei saputo fare io" Disse Leonard

"Voglio aiutarvi, voglio essere una di voi, voglio sentirmi umana e voglio sentirmi amata, sono
 forte e veloce come Roman e vi posso essere molto utile anche nei combattimenti come avete visto" Disse Rosalin

"Così discutete senza di me?" Disse Emma entrando nella sala di comando…

"Amore, non dovevi alzarti, sei ancora debole" Disse Omar

"Sono più forte di quello che pensi, è stata solo sfortuna"
Isabel la abbracciò e la fece sedere, Emma guardò Rosalin e quando
si accorse che era reale disse: "Cosa mi sono persa?"
 "Rosalin si è ricreata in un Saiborg, lo ha fatto per Leonard"
"Un atto d'amore" Disse Brian
 "Era ora che Leonard avesse una donna" Disse Emma
Rosalin sorrise, se avesse potuto arrossire lo avrebbe fatto, capiva
l'umorismo umano, era bello
 ridere, essere felici, sentire l'aria e il sole sulla pelle e sulla faccia,
era bello essere umani…
 "Cosa ne pensate di quello che abbiamo vissuto?" Disse Brian
"La terra ha preso coscienza di se nell'insieme della sua natura, la
terra non ci vuole più, come
darle torto? La terra a sviluppato un inteligenza collettiva e ora si
prepara alla sua ennesima evoluzione, non dimenticatevi che in
questa dimensione del tempo sono passati più di duecento
anni dalla nostra partenza e la natura è profondamente cambiata
come avete visto" Disse Leonard
 "E stato incredibile" Disse Brian "Quegli alberi scivolavano nel
terreno senza lasciare nessuna
scia di terra smossa, il terreno si richiudeva al loro passaggio,
inpensabile! se non lo avessi visto
con questi occhi non ci avrei mai creduto."
 "Hai ragione" Disse Isabel "E stato incredibile, la forza di quelle
voci, quei grandi e
bellissimi fiori che osservavano, che mormoravano…"
 "E come se avesse deciso di difendersi dalla piaga che abbiamo
rappresentato come razza
umana" Disse Omar
 "E così, e ci hanno dato un avvertimento che noi osserveremo
scrupolosamente, la nostra
nissione era solo esplorativa ma lo stesso abbiamo salvato trecento
povere anime che a
Xedoria potranno avere un futuro e abbiamo catturato dieci
pericolosi pirati spaziali che ci
forniranno parecchie informazioni sulle loro rotte e sui loro rapporti
con le navi nere quindi
 non metteremo in pericolo la nostra vita o quella dei superstiti che
abbiamo salvato in altre

azioni azzardate, monitoneremo l'ultimo approdo e se troveremo tracce di vita torneremo in
futuro per cercare di stabilire un contatto se sarà ancora possibile, non conosciamo quale stadio di
evoluzione compirà la terra fino al nostro ritorno.
Non abbiamo più molto tempo, a breve il varco temporale si riaprirà permettendoci di tornare a Xedoria e non possiamo più tergiversare, le conseguenze sarebbero imprevedibili"
   "Siamo d'accordo" Disse Roman
"Scusate" Disse Rosalin "Sto ricevendo un messaggio da parte di Padre Amos,
collegatevi a me"
   Tutti e sei chiusero gli occhi e tutti e sei ascoltarono il suo messaggio…
"Cari amici, ho avuto il piacere di tenere consiglio con John riguardo la sua intenzione di
 unirsi a Tessa del popolo leonida e non ho potuto fare altro che darle la mia approvazione
data la loro fermezza di intenti e d'amore, spero che vi unirete alla mia decisione e che possiate autorizzare la loro unione, attenderemo il vostro ritorno per celebrare il loro matrimonio, vi abbraccio."
   "Lo sapevo" Disse Omar "Mio figlio è più testardo di un mulo"
   "Io non ci vedo nulla di male" Disse Emma
"Nemmeno io" Disse Isabel
   "Tu dici così perche non è tua figlia che si accoppia con un leone"
"Non prenderla male Omar, che i leonidi abbiano tratti leoneschi con tanto di coda e vero
ma per il resto sono molto simili a noi umani, inoltre mia figlia, i nostri figli sono liberi di
 scegliere, è la legge, sono maggiorenni"
   "Non sono i loro tratti che mi spaventano, sono i "frutti" della loro unione a preoccuparmi"
   "Non preoccuparti, in quel caso ci penserò io a monitorare la gravidanza di Tessa quando
 sarà il momento o la sua cucciolata se preferite, padre Amos ci direbbe che l'amore non ha
limiti ne confini e ha fatto bene ad informarci di questo evento, in modo che ne possiamo

discutere qui prima del nostro ritorno, propongo di metterlo hai voti e come sai Omar al di là

delle tue opinioni o preoccupazioni e la decisione del consiglio che conta e io sono a favore di

John e Tessa, chi è con me?" Disse Brian

"Emma alzò la mano per prima un po' risentita dello sfogo di Omar, Isabel alzò la mano e attese

che Roman alzasse la sua ma Roman, combattuto per dovere prendere una decisione così particolare scelse di appoggiare Omar, più per solidarietà maschile che per altro, non se la sentiva di decidere su due piedi e voleva pensarci ancora un po', si chiedeva come l'avrebbe presa lui se Gloria un giorno fosse tornata a casa per dirle che si era accoppiata con un leone.

Anche Leonard era interdetto, non voleva esporsi perché aveva timore che questa scelta avrebbe potuto provocare tensioni da ambo le parti, una tensione che avrebbe potuto incrinare i difficili rapporti fra le due razze, diverse ma anche molto simili.

"Bene" Disse Omar "Il consiglio decide, so che padre Amos ha già dato il suo permesso ma c'è ancora una persona che deve votare" Disse guardando Rosalin

Anche lei lo guardò e fu enormemente felice a sentirsi chiamare in causa.

"Rosalin non fa parte del consiglio" Disse Emma

"Beh, da oggi lo è sempre che lei lo voglia, se lo è meritato sul campo, oggi è stata esemplare considerato che era la prima volta che usciva in missione con noi, votiamo anche per questo.

Rosalin, in qualità di capo della comunità tutta ti chiedo formalmente se vuoi unirti al consiglio, saresti di grande aiuto alla nostra gente"

"Sarebbe un immenso onore" Disse Rosalin

"Allora votiamo" Disse Omar

"Sei mani si alzarono lentamente ad una ad una e Rosalin era al settimo cielo, le luci

tremolarono così come i visori, i radar, Rosalin fermò la sua corsa silenziosa e i motori si

spensero…

"Rosalin, cosa Diavolo sta succedendo?" Disse Leonard

"Scusatemi, essere considerata una persona, fare parte del vostro gruppo mi ha emozzionato e

questo sentimento è così forte, così gioioso che per un attimo ho dimenticato di essere una nave
oltre che una "Persona"
"Che io sia dannato, pensavo di averle viste tutte ma tu mia cara Rosalin mi stupisci sempre"
Disse Leonard.
"Rosalin, devi giurare, siediti con noi e prendimi le mani" Disse Omar
Rosalin fece come le era stato detto e Omar cominciò il rito.
"Rosalin, giuri di portare sacro rispetto agli Antichi e alla nostra comunità?"
"Lo giuro"
"Rosalin, giuri di non interferire sulla nostra libertà di pensiero e giuri di rispettare le nostre
sacre leggi?"
"Lo giuro"
"Rosalin, giuri di agire sempre nel nome dell'amore universale?"
"Lo giuro"
"Rosalin, giuri di rispettare sempre le decisioni del consiglio senza influenzare o manipolare
le nostre menti?"
"Lo giuro"
"Rosalin, giuri di proteggere gli Antichi e la nostra comune a costo della tua stessa vita o
esistenza?"
"Lo giuro"
"Rosalin, ora sei una di noi, da questo istante fai parte di questo consiglio con potere
decisionale, benvenuta fra di noi"
Seguì un applauso e Rosalin seppe cosa era la felicità, era pace. Leonard la abbracciò e la baciò, le accarezzo i capelli e le parlò mascherando le parole
che fruivano dai suoi pensieri.
"Rosalin" Disse ancora Omar "Come nuovo menbro del consiglio sarai tu a questo punto
a decidere il verdetto, abbiamo 4 voti contro 3, esprimi il tuo parere"
"Prima di farlo voglio ringraziare tutti voi per avermi accettato nel vostro consiglio.

Come sapete io sto sviluppando dei veri sentimenti umani che mi sconvolgono, in me non c'è cattiveria o pregiudizio quindi non posso condannare un amore che è nato fra esseri di razze
diverse, per quanto possa essere anomalo; ma da voi e dagli Antichi ho imparato a mettere
l'amore per la vita davanti ad ogni cosa, e la nostra fede, è la nostra missione, conosco John
della terra e Tessa del popolo leonida e come menbro effettivo di questo consiglio do la mia approvazione"

"E sia" Disse Leonard, è un passo importante per tutti noi, a Xedoria siamo tutti liberi,
abbiamo tutti potere decisionale ma prima di dargli il nostro pieno consenso condivideremo pubblicamente la nostra decisione alla comunità dopo di che festeggeremo la loro unione,
Amos il saggio ha già preannunciato al consiglio leonida le intenzioni di John e Tessa e
anche il loro consiglio ha già dato la sua approvazione.

Il loro rito si terrà al palazzo del consiglio leonida davanti a tutta la popolazione riunita
mentre i festeggiamenti si terranno nella Radura Fenice, anticiperemo quindi la nostra partenza
dopo aver verificato l'ultimo obbiettivo, i nostri ragazzi ci aspettano, non possiamo mancare a
questo evento."

(La base, Cina orientale)

Erano fermi nel cielo, sopra ad un deserto pietrificato, sotto di loro una base sotterranea
si estendeva per miglia e miglia sottoterra, la stavano osservando attraverso una mappa
olografica ricavata dalla scannerizzazione del sottosuolo, era enorme e fervente di vita e
questo li stupì parecchio.
Apparentemente in quel deserto pietrificato avrebbero dovuto distinguere l'entrata di quel
bunker mostruoso ma in superfice non ve ne era traccia, sembrava che quella enorme struttura

non avesse accessi, era come se la catastrofe che aveva colpito quella nazione li avesse
completamente seppelliti vivi ma allora come avevano fatto a resistere tutto questo tempo?

Erano già troppe domande e loro non avevano tempo per indagare ulteriormente, dovevano
ripartire perché secondo i calcoli di Rosalin il varco temporale che li avrebbe riportati a
Xedoria si sarebbe riaperto a breve.

I nostri eroi quindi si prepararono a fare ritorno a Xedoria mentre la terra era in prossimità
di una nuova evoluzione, un evoluzione a cui loro non avrebbero potuto assistere.

Mentre Rosalin stava scaldando i motori, i sei del consiglio si sdraiarono nelle capsule
criogene per affrontare il viaggio di ritorno mentre a Xedoria erano già stati avviati i
preparativi per la cerimoia nuziale.

Intanto John e Tessa erano diventati una cosa sola, avevano smesso di nascondersi e la
comunità aveva accolto Tessa nel migliore dei modi dopo il monito telepatico di Padre Amos.

Gli amici di John erano curiosissimi ma nessuno di loro si azzardò a fare qualche battuta sulla
loro unione, John sarebbe presto stato uno del consiglio, inoltre era grosso pericoloso e piuttosto irascibile.

Le amiche di Tessa invece vollero sapere tutto di John, anche loro curiosissime nella loro femminilità felina.
Padre Amos avrebbe detto che tutto era scritto nel destino del loro cammino.

(John e Tessa)

I nostri eroi fecero ritorno a Xedoria il giorno prima della loro unione, John era emozzionato
e Tessa era felice dopo avere saputo che il consiglio degli umani aveva approvato la loro unione.

John spiegò a Tessa l'usanza umana celebrativa che avrebbero dovuto seguire e che consisteva

nel fare delle promesse davanti ad un sacerdote che li avrebbe uniti per la vita, le spiegò che di
solito in queste occasioni la sposa doveva indossare un abito bianco per dare sacralità a questo
 rito che sulla terra era sacro e benedetto dal loro Dio.

Tessa le disse che sarebbe stata felice di rispettare il rito di fede umana se così doveva essere,
i leonidi erano un popolo semplice, non sapevano nemmeno quale fosse il significato della parola "Religione" la loro vita era costituita solo da quattro fasi, caccia, riposo, accoppiamento e fedeltà agli Antichi ma accettò lo stesso di sottoporsi a questa "Cerimonia nuziale" Per amore di John.
L'indomani i due popoli si sarebbero uniti in un solo popolo grazie alla loro unione, sarebbero
 stati tutti presenti nella enorme piazza triangolare davanti al palazzo del connsiglio leonida.

(Evoluzione, luna di fine estate)

Fu un evento particolare, strano, pieno di aspettative, Padre Amos nella sua lunga tunica bianca stringeva la croce di legno terrestre che portava da sempre al collo pregando di non avere sbagliato
ad autorizzare la loro unione, John era teso come una corda di violino mentre attendeva che il
consiglio leonida accompagnasse Tessa fuori dal palazzo reale.

Il popolo leonida schierato alla destra della comunità riunita seguiva la cerimonia con molta
curiosità mentre il consiglio umano ora composto da 7 menbri inclusa Rosalin era al centro della piazza a dieci metri da John.

Quando le porte del palazzo del consiglio leonida si aprirono il primo ad uscire fu Sion,
primo ministro seguito dai suoi primi consiglieri, Maurg e Groar, dietro di loro la sua sposa.

Sion, Maurg e Groar anch'essi in abito da cerimonia si fermarono alla stessa distanza tenuta
dal consiglio umano e si aprirono per permettere a Tessa di raggiungere il suo sposo.

Tessa venne avanti con regalità, sembrava una regina, era vestita con un abito bianco attillato

che le scendeva fino a coprirle la coda, portava sul capo una corona di bellissimi fiori bianchi
come il vestito ed era bellissima.

Era una giornata perfetta, i due soli di Xedoria cominciavano ad allontanarsi e il clima
sembrava quello di un Settembre terrestre, John e Tessa si misero di fronte a Padre Amos e
attesero che inizziasse il rito.

Padre Amos si girò e si rivolse al popolo di Xedoria: "Popolo di Xedoria, siamo qui riuniti
per celebrare l'unione di questi nostri giovani secondo il nostro rito terrestre del matrimonio
che si celebrerà davanti a tutti voi con la benedizione e il volere degli Antichi, chiuque di voi
abbia delle obbiezioni in merito a questa unione si faccia avanti a taccia per sempre, così io dico"

Padre Amos attese qualche minuto poi si girò verso di loro.
"John della terra e Tessa del popolo leonida, avete espresso correttamente ai nostri due consigli
la vostra decisione di unirvi per la vita, ora vi giurerete fedeltà davanti a tutti noi, siate sinceri e
seguite sempre la strada scritta nel vostro cuore.

John della terra, figlio di Omar della terra, giuri di amare onorare e rispettare la diversità e la natura della qui presente
Tessa, figlia di Riord del popolo leonida davanti al suo consiglio?"

"Si, lo farò"
"Tessa, figlia di Riord, giuri di amare onorare e rispettare la diversità e la natura del qui presente John della terra?"

"Si, lo farò"
"Miei cari ragazzi, per l'autorità a me concessa dagli Antichi io vi dichiaro marito e moglie,
ora vi è concesso di baciarvi"

Il loro bacio suggellò l'unione dei loro popoli e cancellò le loro differenze, da quel giorno
umani e leonidi seguirono il loro esempio come se fosse una nuova moda, da quel giorno
umani e leonidi diventarono un tutt'uno.

La festa che si tenne nella radura durò tutto il giorno e tutta la notte, la Radura Fenice risuonò

di canti e di balli in cui i giovani leonidi vennero coinvolti dopo aver bevuto fiumi di birra di
grano, quel grano grosso e rosso nato da semi terrestri e coltivato in un mondo diverso dalla loro
 terra morente, John insegnò a Tessa a ballare e lei si divertì un mondo, i bracieri erano
continuamente riforniti di carne e pesce, i leonidi, abituati alla carne e al pesce crudo divorarono
quel pesce e quella carne alla brace con una voracità e un ingordigia che fece piacere e diede molta soddisfazione ai cuochi della comunità.

C'era felicità e spensieratezza nella Radura Fenice mentre Leonard e i sette del consiglio umano seduti insieme al consiglio leonida allo stesso tavolo parlavano di futuro e di progetti comuni, contenti nel vedere i propri popoli fraternizzare in quell'atmosfera gioiosa di festa.

Ragazzini e leonini si correvano dietro dappertuto ridendo come matti nell'ultimo giorno
della lunga estate di Xedoria, l'inverno era alle porte e a breve tutti si sarebbero rintanati nei loro rifugi, Tessa aveva accettato di vivere con John in una delle migliaia di celle magiche costruite
da quel popolo antico, alieno e sconosciuto scomparso da secoli nel nulla, la loro unione avrebbe
dato i suoi frutti e tutti avrebbero ricordato quel giorno.

(Il processo)

Re Brutus e il suo equipaggio furono portati al cospetto degli Antichi e furono accusati di crimini orrendi, tratta di schiavi, trasporto e contrabbando di merci pericolose, furto e tradimento per avere rivelato agli Oscuri l'ubicazione di colonie protette.

Furono esiliati in una galassia morta, distrutta e depredata dagli stessi Oscuri con cui avevano collaborato, esiliati su un pianeta chiamato X13 popolato da esseri carnivori e cannibali.

I duecento schiavi chiusi nelle teche criogeniche sarebbero stati risvegliati subito dopo il grande inverno per essere integrati nella comunità, con il tempo sarebbero stati portati ad evolversi e la
 loro vita sarebbe cambiata per sempre.

(La nascita del Re)

Alla fine del grande inverno Tessa mise al mondo tre cuccioli, due femmine e un maschio,
Mascia, Tania e Rufus, Brian aveva seguito personalmente la sua gravidanza.

La loro nascita era stata seguita dai due consigli con trepidazione curiosi di sapere quale razza
avesse prevalso dall'incrocio delle loro due razze e con grande soddisfazione del consiglio leonida
fu la loro razza a prevalere, i tre cuccioli stavano bene, non avevano nessuna malformazione,
avevano tratti leonini appena pronunciati ed erano vispi e carinissimi ma la cosa strabiliante era la diversità di carnagione, le due femmine erano tipicamente leonide ma il maschio era umanoide,
 non aveva coda ed era nero, un leone nero con gli occhi di un azzurro intenso.

Emma e Omar se ne innamorarono all'istante, leonidi o no erano i loro nipoti e come tali li
avrebbero trattati, John e Tessa erano felici, il consiglio leonida si congratulò con loro, a breve
 il mare ghiacciato si sarebbe ritirato non appena i due soli di Xedoria avessero cominciato a
scaldare quella terra rossa e la lunga estate sarebbe ricominciata con la raccolta del pesce.

Fu allora che una sirena scosse la città, tutti la sentirono, era angosciante, fortissima e nessuno sapeva da dove provenisse ne perché.

Fu una fortuna che si trovassero ancora tutti in città, i due consigli si riunirono immediatamente perché quel suono non prometteva nulla di buono, assomigliava alle sirene delle città terrestri in tempo di guerra.

"Leonard, che succede? cosa vuol dire questa sirena? da dove viene?" Disse Omar
"E quello che sembra, una sirena di allarme, viene dal centro della città, sta per succedere
 qualcosa, Omar, Roman venite con me, decolleremo fra cinque minuti"

I nostri eroi si alzarono nel cielo di Xedoria mentre nello schermo di comando appariva la
 faccia rugosa di Pretoriurs.
    "Salute e pace a te gran sacerdote"
"Salute e pace a voi tutti" Rispose Pretoriurs
    "Attendiamo disposizioni, è risuonato un allarme alla "Città Eterna" avete informazioni a
questo riguardo?"
    "Abbiamo scoperto un oggetto volante non identificato che ha violato i nostri richiami,
stavamo mettendoci in contatto con voi quando la sirena della Città Eterna ha iniziato il suo
lamento, dovete intercettarlo e fare rapporto sulla sua origine e sulle sue intenzioni, siete
 autorizzati a reagire nel caso rappresentassero un problema per la colonia"
    "Li ho individuati" Disse Rosalin "Latitudine 56°46 primi, longitudine 98°21 primi, altitudine
73°38 primi, è una nave ma dobbiamo avvicinarci per saperne di più"
    "Va bene cara, avviciniamoci a distanza di sicurezza per effettuare una verifica"
Quando furono più vicini Rosalin aprì gli schermi "La vedete?"
    "La vediamo" Disse Leonard
La grande nave nera era ferma nello spazio, sembrava un relitto, era danneggiata e silente.
    "Rosalin, prova a metterti in contatto con quella nave, inviale il codice stellare che la obbliga
a rispondere e dichiarare la sua provenienza e il suo obbiettivo"
    "Lo farò dopo averla attentamente esaminata, al momento non ci avvicineremo oltre, ci terremo
a distanza di sicurezza, da un primo esame sembra una nave da caccia, quindi consiglierei prudenza, quella nave potrebbe far parte della flotta degli Oscuri Antichi traditori e la sua apparente condizione potrebbe nascondere una trappola…
    I risultati dell'esame attraverso lo scanner metafisico quadridimensionale non sono rosei,
 quella nave proviene da un universo sconosciuto, probabilmente dall'universo oscuro ed è

armata, consiglio quindi di dichiarare lo stato di allerta, inoltre non rilevo forme di vita a noi conosciute ma non escludo la presenza a bordo di qualche entità aliena.

Non risponde al nostro codice interstellare di controllo quindi sconsiglio l'approdo umano
per sicurezza dello stesso e chiedo al consiglio di intervenire di persona insieme a Roman per verificare se quella nave è solo alla deriva o è qui per uno scopo, potrebbe contenere importanti informazioni e io sono in grado di codificarle inoltre ho la stessa velocità e forza che ha Roman,
valuto le nostre possibilità di rientro al 90%"

"E sia" Disse Leonard "Attenderemo ancora e ci avvicineremo lentamente, quando saremo
sicuri che non è una trappola sbarcherete, Rosalin, alza lo scudo balistico e attiva ogni sistema di difesa, se solo si dimostreranno ostili risponderemo con ogni arma in nostro possesso, siamo autorizzati."

La nave nera vista da vicino era enorme, Rosalin si diresse alle porte dell'hangar mentre
Leonard e Omar erano rimasti nella nave madre ad osservarli e ad ascoltarli.

Al momento la nave nera sembrava deserta, una nave fantasma.
Roman e Rosalin scesero sul ponte principale e cominciarono ad avvanzare spianando il fucile, procedettero affiancati, attenti a qualsiasi movimento o rumore, non sapevano cosa si sarebbero trovati davanti, l'atmosfera era carica di tensione.

La nave sembrava uno dei formicai giganti che le "Rosse" (Formiche rosse giganti)
avevano scavato ovunque sulla terra.

Diversi grandi cunicoli irregolari si intersecavano uno sull'altro formando un incomprensibile labirinto, Roman si chiese che razza di esseri potevano percorrere quegli enormi tubi pieni di escrescenze e di strani piatti funghi di un colore verde fosforescente.

Roman e Rosalin indossavano le particolari tute rosse in dotazione a tutti i piloti esplorativi dell'ordine degli Antichi ma malgrado l'elevata protezione di quelle tute l'ollezzo nauseante di
morte che si respirava là dentro gli penetrava nei caschi.

Rosalin scannerizzò l'interno di quella nave e scoprì l'ubicazione della presunta sala di controllo, una sala enorme zeppa di strani macchinari.

Ad un certo punto sentirono un rumore, qualcosa stava strisciando verso di loro, qualcosa di
grosso.

Si trovavano in uno di quei corridoi quando lo videro.
Una specie di grosso verme stava avvanzando in quel corridoio come un treno lanciato a tutta
velocità in una galleria, quando li vide aprì la sua folle bocca munita di migliaia di denti rotanti.

"Roman, è un bucaterra, una delle bestie immonde degli Oscuri, la loro pelle è più resistente
del vostro acciaio, i nostri fucili con loro sono inutili, dovremo affrontarla a mani nude"

"Hai detto che hanno la pelle dura ma dentro sono fatti di parti molli, dammi il tuo coltello,
vediamo se mi digerisce" Disse Roman e parti in corsa accellerando come un razzo terra terra,
il Bucaterra spalancò la bocca per ingoiarlo e Roman portandosi i coltelli ai fianchi penetrò nella
sua bocca a testa bassa come un proiettile umano senza minimamente rallentare la sua corsa
sfondando i suoi denti e incidendo la sua carne gialla per tutta la sua lunghezza per poi sbucare
dalla coda urlando il suo urlo di guerra in un esplosione di putridi pezzi di carne gialla somigliante
a gelatina.

Il Bucaterra si accasciò su stesso mentre Roman cercava di disfarsi di quella schifezza collosa e maleodorante.

Rosalin era esterefatta, non avrebbe saputo fare di meglio, è vero, aveva la stessa velocità e
forza di Roman ma non le sarebbe mai venuto in mente di attraversare una bestia del genere
armata solo di due coltelli, quello era una cosa che solo un eroe avrebbe potuto concepire.

"Torniamo indietro" Disse Rosalin "Questa nave va abbattuta, rilevo molti movimenti,

probabilmente altri Bucaterra, servono agli Oscuri per procurarsi il metallo lucente che
alimenta i loro motori, presto Roman, torniamo alla nave madre"
Roman non se lo fece ripetere due volte, di corsa tornarono alla nave e fecero appena in tempo
a decollare.

Alle loro spalle la porta del grande Hangar si chiuse e la nave fantasma si illuminò di verde,
 i suoi motori si accesero mentre i suoi sistemi di difesa si attivavano.

Una miriade di navette si staccarono da essa e presero ad inseguirli, Rosalin si collegò alla
 nave madre, alzò lo scudo difensivo della stessa e attivò le torrette e i cannoni fotonici.

Nel frattempo Leonard chiese e ottenne rinforzi dagli Antichi e dalla enorme arca spaziale denominata Atlantia la flotta reale si alzò in volo.

Le navette oscure circondarono Rosalin e lei rispose con ogni armamento in dotazione, come
 uno scarabeo armato circondato da formiche rosse.

Lo scudo resisteva ma le loro navette erano piccole e velocissime e pungevano come calabroni incazzati.

Rosalin allora invertì la rotta per intercettare le navi da caccia imperiali.

Le navette oscure non smettevano un attimo di colpire lo scudo concentrando il fuoco sul retro
della nave di Leonard, Rosalin.

Quando finalmente incontrarono la "Cavalleria" la rosa dei caccia imperiali si mise in
formazione di scudo e Rosalin si infilò proprio al centro di quella formazione.

I caccia scatenarono ogni arma a loro disposizione respingendo l'attacco e le navette Oscure
 prese di sorpresa furono decimate, quelle rimaste invertirono la rotta per rientrare alla nave
madre inseguite dai caccia ora in formazione imbuto mentre Rosalin rientrava alla nave degli
Antichi, Atlantia, dove avrebbero riparato i danni allo scudo termico.

I caccia reali riuscirono ad abbattere la nave nera dopo uno scontro epocale e la minaccia fu debellata.

Quando i nostri eroi tornarono a Xedoria furono accolti con molto entusiasmo dai due popoli
uniti, la comunità aveva seguito in diretta telepatica l'esito di quella battaglia e la loro avventura
venne narrata al consiglio del popolo leonida in attesa del loro rientro.

Purtroppo, come ogni battaglia anche questa aveva avuto le sue vittime, molti piloti reali
avevano perso la vita in quello scontro e sarebbero stati ricordati nei sermoni di padre Amos,
ora seguito anche da molti giovani leonidi che grazie alla comunità stavano diventando molto
più umani, erano curiosi per natura e imparavano in fretta le abitudini umane, avevano imparato
ad usare il fuoco, a fare la birra, a coltivare la terra e non solo, come era prevedibile dopo
l'unione di John e Tessa molte relazioni simili nacquero spontanee alla luce del sole, senza vergogna
o discriminazione, senza la cattiveria umana la libertà anche nella sua diversità era meravigliosa da vivere

(Xedoria, Terzo giro di luna, nuova lunga estate (Terzo anno)

La cucciolata di John e Tessa fu la gioia di Sion e Flor (compagna di Sion)
Questo perché Tessa era una delle figlie di suo figlio Riord, nata nella prima sua cucciolata.

Anche Omar ed Emma adoravano quei cuccioli, Rufus in particolare si era molto attaccato a
Omar che dopo qualche titubanza aveva cominciato ad adorarlo.

Era meraviglioso, un piccolo leone umanoide, nero con gli occhi azzurri, dannatamente furbo
e intelligente.

John ne era orgoglioso e il fatto che suo padre avesse accettato di fare da nonno al suo
cucciolotto e alle sue cucciolotte lo rendeva felice e rendeva felice anche Tessa.

Il giorno prima del sermone della settima luna ormai diventato un abitudine per molti i sette

del consiglio tennero una riunione con il consiglio leonida per fare il punto della situazione

e discutere delle novità riguardo alla missione umana di esplorazione.

Il consiglio leonida aveva saputo del loro incontro con la nave nera ed era a conoscenza della battaglia che ne era seguita inoltre erano curiosi di sapere che situazione avessero trovato

quando erano tornati a visitare il loro vecchio mondo.

Omar li mise al corrente di quello che era successo e di quello che avevano trovato sulla

terra e ne stavano ancora parlando quando Leonard li raggiunse.

"Amici, fratelli, una grande minaccia è alle porte di questo universo parallelo, la nave

nera che abbiamo abbattuto era solo una nave vedetta di ricerca, purtroppo non hanno

accettato la resa e siamo stati costretti ad abbatterla e ora temiamo che la sua scomparsa

attirerà altre vedette nel nostro universo.

Come saprete molti nostri piloti sono caduti per difendere questa colonia e sono stato

autorizzato al reclutamento di nuove leve, chiunque fra i vostri popoli vorrà intraprendere

questa strada si presenti a rapporto da Loria, abbiamo bisogno di ogni risorsa possibile per

far fronte a questa minaccia per la difesa di questa colonia.

I candidati saranno addestrati con i simulatori ipertrofici e dopo le valutazioni sulle loro

prestazioni i migliori faranno parte della guardia imperiale.

Omar Emma Sion, a nome degli Antichi vi porgo i migliori auguri per i vostri nuovi nipoti,

so che tutto è andato bene, porgete quindi a John e Tessa le mie congratulazioni.

Ora devo andare, ho degli impegni da rispettare e altre questioni da esaminare,

vi terrò aggiornati sulla situazione."

(Atlantia)

Atlantia, l'immensa arca spaziale degli Antichi galleggiava nello spazio profondo.
Gli Antichi si stavano preparando alla difesa di quell'universo parallelo nascosto, un
messaggero di un pianeta chiamato Gladius nella settima galassia di Orione era riuscito
a comunicare con loro prima di morire.
La flotta oscura aveva appena attaccato il loro mondo seminando terrore e devastazione,
il messaggio parlava di milioni di navi e di esseri mostruosi e voraci.
I sette Antichi rimasti nel consiglio interstellare avevano ora un difficile compito da svolgere,
la legge dell'infinito non prevedeva la morte come castigo ma solo l'esilio.
Non erano parte di un tribunale, non avevano una politica ne una costituzione ma solo un sacro impegno e una missione, preservare e difendere la vita, in tutte le sue forme.
Non avevano nessun desiderio ne nessuno scopo per muovere una guerra e i tre Antichi traditori
lo sapevano e prima o poi li avrebbero trovati, volevano lo scontro, cercavano vendetta e allora si sarebbe scatenato il più grande conflitto universale nella storia dei mondi e degli universi.
Per questo motivo Leonard come ambasciatore sarebbe dovuto partire per un lungo viaggio e avrebbe dovuto reclutare ogni esercito alleato possibile in ogni colonia conosciuta in difesa di
Atlantia, La grande nave madre non doveva cadere in altre mani per nessun motivo, se ciò si fosse verificato gli Antichi avrebbero dovuto abbandonarla e farla esplodere, Atlantia era troppo
importante, era fonte di vita e di speranza, era memoria dei popoli scomparsi ed era memoria della flora e della fauna che in tali mondi si era formata ed evoluta, Atlantia era tutto, era viva e in continua crescita.
Questa volta se gli Antichi traditori si fossero presentati Atlantia avrebbe risposto in maniera
ferma e decisa e li avrebbe annientati una volta per tutte.

Leonard mise al corrente Omar e Roman e gli chiese se sarebbero stati disposti a seguirlo
in questa missione lunga e pericolosa e tutti e due accettarono.

Sarebbe stato un lungo viaggio e sarebbe durato qualche secolo mentre a Xedoria sarebbero
stati solo due giri di luna (Due anni terrestri)

Emma e Isabel non presero bene questa loro partenza improvvisa ma dovettero adeguarsi,
solo i due consigli erano al corrente della minaccia che si sarebbe concretizzata se gli Oscuri
avessero trovato il modo di oltrepassare la barriera del tempo che li divideva da altri milioni di universi, gli Antichi avevano i sensi all'erta ed erano quasi certi di non avere molto tempo perché
 il tempo è relativo.

 (Verso l'ignoto)

 "Rosalin, accendi i motori, si va, destinazione Tarkus, sesto parallelo, costellazione di Orion."
"Bene, imposto la rotta, mettetevi comodi, sarà un lungo viaggio"
I nostri tre eroi si sdraiarono nelle capsule criogene mentre Rosalin viaggiava a velocità
ipersonica attraverso universi e stelle ancora sconosciute, il loro viaggio sarebbe durato 80 anni terrestri.

Quando Rosalin li svegliò Leonard Omar e Roman si misero davanti alla vetrata panoramica e osservarono il mastodontico pianeta che avevano di fronte.

"Quello che vedete e il pianeta Tarkus, approdo intergalattico di ogni vascello o nave da cargo che sorvoli questa costellazione, come un vostro autogrill in autostrada, un pianeta neutro in base alle leggi stellari, una specie di enorme mercato di scambio e sede dell'impero di Orion.

Qui ogni popolo e ogni razza aliena senziente può incontrarsi in pace, qui le navi nere non mettono piede, Tarkus è una specie di porto franco in cui nascono nuove alleanze e progetti incredibili.

Fra poco ci incoderemo alle altre navi e chiederemo il permesso di sbarco.
Quando sbarcheremo non crederete ai vostri stessi occhi, siete i primi umani ad arrivare qui quindi statemi vicino e lasciate parlare

me, e non spaventatevi da ciò che vedrete, Tarkus è unico nel suo genere, pieno di cose particolari, di esseri particolari ma non temete, ogni equipaggio e severamente controllato dalla guardia imperiale di Orion durante la sua permanenza, qui vige la legge e l'ordine cosmico imposto dagli Antichi a cui tutti ci dobbiamo attenere altrimenti rischieremo di fare una morte orribile.

Quando scenderemo indossate le tute, vi proteggeranno dalle scorie e dall'aria pesante e metallica che si respira, vi sentirete strani e a causa della gravità eccessiva farete fatica a muovervi, all'inizio vi sembrerà di camminare sul fondo marino in tenuta da palombaro ma le tute vi aiuteranno, camminate lentamente con calma, senza affaticarvi, stiamo andando ad incontrare Draconian terzo, comandante della flotta imperiale di Orion, amministratore della guerra e della difesa nonché menbro del consiglio interstellare.

Coraggio Rosalin, mettiamoci in coda e inizia le manovre di attracco."

"Subito caro"

Rosalin si avvicinò al pianeta e Roman e Omar spalancarono gli occhi, migliaia di astronavi di tutti i generi, di tutti i tipi erano accodate in attesa dell'attracco.

Quando alla fine venne il loro turno e attraversarono l'atmosfera di Tarkus Rosalin li avvertì di allacciarsi le cinture.

"Si ballerà un po'" Disse Rosalin

Dopo vari scossoni e vuoti d'aria i nostri eroi sbucarono nel cielo di Tarkus, un pianeta costellato da migliaia di laghi, come fossero piccoli mari.

"Siamo in prossimità di Portus Mundi, la città più piena di vita che abbiate mai visto, dove tutto sembra caotico ma è un caos controllato."

Omar e Roman erano notevolmente impressionati, sulla terra non era nemmeno lontanamente possibile immaginare un simile spettacolo, intorno a loro milioni di navi andavano e venivano da quella mastodontica città dello spazio, il cielo di Tarkus era oscurato da quell'andirivieni di navi cargo e navette che sembravano scontrarsi ma che invece seguivano rotte e altitudini diverse.

L'hangar di approdo era una follia all'occhio umano, era esteso per migliaia e migliaia di chilometri e ospitava navi mastodontiche, Rosalin al confronto nonostante la sua stazza sembrava una pulce sulla pelle di un cane.

La meraviglia di quell'hangar non era altro che la versione di uno dei nostri porti più importanti amplificato all'ennesima potenza, quelle immense navi caricavano e scaricavano merci e cibo per molti pianeti di universi paralleli, un porto pienamente robotizzato.

Leonard li condusse attraverso un dedalo di corridoi interni e alla fine sbucarono nella città di Portus Mundi.

Se quell'enorme e pazzesco hangar li aveva stupiti Portus Mundi li fece rimanere a bocca aperta.

Era una città senza fine, tutto sembrava essere costruito con un materiale simile all'acciaio terrestre e brillava di riflessi sotto quel timido grande sole che cominciava a risplendere illuminandola.

Le sue strade a strati erano percorse da piccoli velivoli molto simili alle navette della città magica di Xedoria.

Milioni di insegne luminose pubblicizzavano prodotti mediante la realtà virtuale, esseri multiforma di ogni razza e colore popolavano le sottostrade, esseri intergalattici che in qualche modo comunicavano formando una collettività ai loro occhi impossibile.

"Come vedete Tarkus non ha confini, si estende in ogni terra di questo pianeta, tanto che non basterebbero millenni per scoprire tutti i lati di questa megagalattica città e non avete ancora visto il suo sottosuolo, dove se vi perdete potreste non trovare più il modo di tornare alla vostra nave, per questo vi ho detto di starmi vicino e non fate caso alle stranezze che vedrete o incontrerete."

Leonard li condusse ad un sottostazione e dopo pochi minuti una navetta che sembrava un siluro si fermò e spalanco le porte, i sedili così come il siluro erano fatti dello stesso materiale che componeva quella misteriosa citta come se quel materiale potesse adattarsi a qualsiasi utilizzo si volesse farne.

Leonard entrò e si sedette accanto a Roman nei primi due sedili a destra mentre Omar trovò posto alla sinistra di Leonard accanto ad una specie di grande lumaca senza guscio.

Omar nel sedersi accanto a lei si accorse del odore che emanava.

Tutti e tre indossavano i caschi rossi in dotazione alla tuta, sembravano tre Power Rangers in missione ma nonostante tutto l'odore di quella cosa le penetrava nel casco, era nauseante, inoltre Omar non poteva fare a meno di smetterla di guardarla, la sua pelle rugosa fumava impercettibilmente, le sue lunghe antenne le sfioravano il casco forse in un tentativo di comunicare, in quel mentre la navetta siluro partì e la sua accellerazione sorprese parecchio Omar e Roman che si sentirono schiacciare al sedile come se li stessero comprimendo poi quando la velocità della navetta/siluro si stabilizzò Omar tornò a guardare il lumacone che gli stava sbavando addosso.

"Omar" Disse Leonard "Non ti conviene guardarla troppo, gli Scresc non amano molto i loro dissimili"

Omar si girò ancora una volta verso quell'essere impossibile e lo Scresc gli sputò in faccia una bava collosa e maleodorante oscurandole la vista…

"CRISTO SANTO!" Esclamo Omar

"Ti avevo avvertito!" Disse Leonard sorridendo mentre Omar tentava in qualche modo di ripulirsi.

Roman se la rideva sotto i baffi, il grande capo Omar sembrava un bimbo in un tunnel degli orrori.

Dietro di loro tre esseri con un gran sorriso dotati di otto braccia si davano manate sulle spalle squittendo per l'avvenuto, dalla terza fila un Saiborg con una testa da serpente disse qualcosa nella sua lingua e Leonard sorrise…

Omar lo guardò e gli chiese cosa avesse detto…

"Pensa che siamo dei turisti sprovveduti ed è meglio così, la nostra missione è di importanza vitale, lascia che lo pensino, distoglierà l'attenzione da noi, questo posto è sicuro ma potrebbe esserci qualche infiltrato degli oscuri, meno daremo nell'occhio meglio sarà, per questo motivo ho evitato i ricevimenti, per questo motivo abbiamo preso questa navetta popolare."

"Navetta popolare?"

"Si Roman, come il vostro metrò, Omar, resisti, fra breve arriveremo a destinazione, non reagire, non guardare lo Scresc"

"Uff, e va bene maledizione, che schifo" Disse Omar guardandosi le mani incollate da quella bava gelatinosa.

(Sacro consiglio di Orion, Portus Mundi)

I nostri eroi scesero in un enorme stazione di scambio dove li aspettava una navetta più piccola simile ad un piccolo aereomobile da turismo, sorvolarono una enorme piazza popolata da esseri assurdi, era un mercato, un particolare mercato tecnologico dove si poteva trovare qualsiasi cosa fosse inerente alla robotica e alla meccanica.

Poco dopo atterrarono davanti al palazzo del consiglio imperiale.
Roman e Omar guardarono quel maestoso palazzo meravigliati, era
un opera d'arte di qualche Dio.
Sembrava quasi che a Portus Mundi tutto fosse immenso e
grandioso, stupefacente, nessuna regola comandava quelle migliaia e
migliaia di esseri, nessuna legge se non quella suprema degli Antichi
che tutti i popoli di tutte la galassie conosciute dovevano rispettare.

Gli antichi preservavano il bene supremo della vita ma al tempo
stesso erano anche fautori di morte in caso di tradimento, non
ammettevano attenuanti, la via di mezzo portava a risvolti pericolosi
di pensiero e non era consentita.

Le arcate del palazzo del consiglio imperiale erano altissime,
lucenti e argentate, l'ingresso era chiuso da una porta alta una
sessantina di metri, anch'essa lucente con punte intrecciate che la
incorniciavano da ambo i lati e si congiungevano sopra di essa, al
loro arrivo si aprì come se li riconoscesse.

Due guardie imperiali li scortarono attraverso quel palazzo
d'argento, erano Saiborg guerrieri, alti più di quattro metri e
assolutamente pericolosi, le loro armi erano futuristiche come le loro
spade.

Un'altra grande porta si aprì alla loro vista e arrivarono nella sala
consigliare dove li attendeva Draconian terzo, amministratore della
guerra e della difesa, primo comandante delle flotte imperiali di
Orion, membro del consiglio interstellare, le loro navi avevano una
grande potenza di fuoco.

"Quale onore! Leonard di Gaan si è degnato di farmi visita
finalmente, quanti secoli sono trascorsi dal nostro ultimo incontro?"

"Oh, sicuramente molte e molte lune caro amico mio" Disse
Leonard
Draconian ricordava realmente un drago, a parte un gonnellino la sua
pelle squamata e multicolore e le sue possenti ali erano gli unici
vestiti che portava, anche lui al di sopra dei quattro metri, al suo
confronto gli umani sembravano dei nani ma era simpatico, Leonard
mentalmente traduceva istantaneamente il linguaggio di Draconian
terzo rimandandolo nelle menti di Omar e Roman affinchè loro
comprendessero ciò che si stavano dicendo.

"Qual buon vento ti porta nella città perduta vecchio Zingulf (Tipo
di caprone alieno)
"Un cattivo tempo, mio caro amico, un vento di guerra purtroppo"

"La questione è seria allora"
"Forse" Disse Leonard "Abbiamo intercettato una nave degli oscuri
nel nostro parallelo protetto, una nave vedetta, presto ne vedremo
delle altre, per questo motivo sono qui come primo ambasciatore
cosmico a chiedervi il vostro appoggio nel caso di un attacco da
parte degli oscuri, Atlantia come tu sai non deve assolutamente
cadere, sarebbe la fine di ogni cosa, è vostro dovere come menbri
della costellazione universale intervenire in difesa della madre di
tutti i mondi conosciuti."
"Davvero pensi che gli oscuri avranno l'ardire di attaccare Atlantia?
Se non sbaglio la nostra nave madre sa difendersi bene anche da
sola."
   "Non questa volta temo, gli Oscuri Antichi ora possiedono un vero
e proprio esercito di esseri mostruosi, hanno fame di dominio e sono
in cerca di vendetta, hanno assoldato mercenari e pirati,
 la mia non è una richiesta, è un ordine!" Disse Leonard perentorio.
"Non ti ho mai visto così serio, credo a quello che mi dici, riferisci
agli Antichi che hanno la mia completa disposizione se questo è il
loro volere e guiderò questa operazione io stesso"
   "Non avevo dubbi" Disse Leonard "Scusami il tono duro che ho
usato ma sono preoccupato, sento un grande pericolo, sento che se
ignorerò il mio istinto Atlantia potrebbe pagarla cara, l'esistenza di
molti mondi dipendono da lei"
   "Lo capisco" Disse Draconian terzo "Quante navi ti servono"
"Tutte" Disse Leonard serio.
   "Dovete ripartire presto?"
"Appena possibile, la nostra prossima destinazione è Falcoon, nono
parallelo, costellazione di Elfion, per la stessa ragione per cui sono
qui"
   "Va bene amico mio, informerò il consiglio interstellare di questo
grave pericolo e mi darò da fare affinchè ogni nave che posseggo sia
attrezzata e armata, partiremo non appena saremo pronti, hai la mia
parola"
   "Grazie Draconian amico mio, non ho mai dubitato della tua lealtà
e del tuo coraggio, e grazie anche a nome dei miei compagni, Omar
della terra e Roman della terra"
   "Roman della terra, so che sei un eroe, la tua fama è giunta fin qui,
Omar della terra, capo della comunità umana, so che sei forte e

saggio, spero un giorno di avervi come ospiti per ascoltare la vostra storia e magari avviare un commercio costruttivo.”

“Io e Roman saremo ben lieti di essere tuoi ospiti quando questo pericolo sarà finito, ci fai un grande onore, anche noi siamo curiosi di sapere, siamo assolutamente stupiti di ogni cosa che abbiamo visto e sentito.”

“Allora vi prendo in parola, combatteremo insieme e dopo festeggeremo insieme, andate in pace.”

Una volta tornati all’astronave e impostata la rotta i nostri eroi si sdraiarono nuovamente nelle loro capsule criogene e si prepararono al viaggio che li avrebbe portati a Falcoon, un altro lungo viaggio che sarebbe durato 97 anni terrestri.

Nel frattempo Rosalin lavorava alle nuove protesi che aveva ideato e costruito per Roman in sostituzione delle sue ormai obsolete, questi nuovi segmenti iper tecknologici avrebbero fatto di Roman un eroe invincibile potenziandolo enormemente.

(Falcoon, nono parallelo, costellazione di Elfion)

Nelle capsule criogene il loro tempo veniva sospeso, il loro cuore rallentava al minimo la loro vitalità e la loro età rimaneva come ferma nel tempo, la loro vita e la loro esistenza venivano sospese, se Rosalin non li avesse svegliati avrebbero potuto rimanere sospesi per l’eternità.

Leonard aveva fiducia del sofisticato sistema di inteligenza artificiale di Rosalin tanto da darle il modo di avere un anima umana e di conseguenza dei veri sentimenti ma non si sarebbe mai aspettato che la sua Rosalin si sdoppiasse.

Quando si svegliarono Il pianeta Falcoon li meravigliò, era contornato da un anello rosso sangue e mentre si avvicinavano videro che era composto da detriti.

Rosalin virò di sessanta gradi e si preparò ad attraversare la sua atmosfera stando bene attenta a stare lontana da quell’anello che li avrebbe disintegrati.

Avvicinandosi ulteriormente Roman e Omar si accorsero che quel pianeta era completamente arido e aveva una vegetazione assolutamente aliena, un pianeta che sembrava sprovvisto di mari, laghi o corsi d’acqua.

Due navi da caccia apparvero dal nulla come fantasmi e si misero in contatto con loro in una strana lingua che logicamente Leonard comprendeva.

Leonard si fece riconoscere e nella sua autorità di ambasciatore galattico supremo chiese di incontrarsi con il gran consiglio di Elfion in nome degli Antichi.

I caccia allora li scortarono alla loro base.

(Everstone)

La base di Everstone lasciò nuovamente i nostri eroi a bocca aperta, una enorme cupola centrale e trasparente fungeva da hangar, da essa partivano altre cupole piu piccole a raggiera, cupole che custodivano i palazzi bianchi di quella base che vista dal alto sembrava una stella marina.

"L'aria fuori da quelle cupole è irrespirabile, la velocità del vento impettuoso che sferza questo pianeta vi può uccidere consumandovi, le cupole permettono agli abitanti di questo pianeta di sopravvivere alle improvvise tempeste che si formano nella stagione buia sfruttando al tempo stesso la forza del vento per acumulare energia per illuminare le città nel loro lungo inverno." Spiegò Leonard

"Non vedo come ci possano aiutare, non mi sembra che posseggano molti eserciti" Disse Emma
"Questa è solo una delle migliaia di basi come questa sparse per tutto il pianeta, gli Elfiani sono guardiani stellari, le loro navi sono ovunque, di solito sono impiegati al controllo delle navi cargo, a caccia di pirati e contrabbandieri per ordine degli Antichi.

Sono uno stormo eccezionale, piloti esperti e micidiali, temuti in ogni universo conosciuto, ci servirà tutto il loro appoggio, i tre antichi traditori conoscono le difese di Atlantia e faranno fuoco e fiamme per arrivare a lei solo per il puro gusto di distruggerla, non deve succedere…" Disse Leonard

Quando atterrarono furono condotti dinanzi allo stato maggiore di comando, tutto il personale della base era androide così come il consiglio, i civili invece erano umanoidi a due teste e sembravano quasi sottomessi.

Il primo menbro del consiglio nonchè comandante in capo di quel gruppo di soldati androidi si chiamava Rospo Strecher e li accolse con autorevolezza.

“Gloria a te e alla tua flotta Capitano” Disse Leonard
“Pace a te e ai tuoi terrestri” Rispose Rospo Strecher
“Sono qui in veste di anbasciatore galattico supremo in nome del sacro consiglio degli Antichi per ottenere il vostro aiuto in base alle informazioni che abbiamo ottenuto e mi spiace doverti informare che si prevedono tempi oscuri, si avverte odore di guerra, una guerra inevitabile, abbiamo dovuto abbattere una nave vedetta degli Oscuri che nonostante i nostri avvisi a reagito attaccandoci e temo che questa episodio possa fare da scintilla alle le ire degli Antichi traditori”

“So di cosa parli Leonard di Gaan, anche noi abbiamo intercettato una loro nave poco tempo fa e ha risposto nello stesso modo, l’abbiamo abbattuta e questo peggiora notevolmente la situazione, era da molto molto tempo che non ne vedevamo una, sono traditori della peggior specie, esseri oscuri e mostruosi popolano quelle navi, pensi davvero che muoveranno guerra ad Atlantia?” Disse Rospo Stricher.

“Credo di si, gli osservatori che abbiamo abbattuto erano nascosti da tempo, evidentemente ci osservavano per valutare le nostre forze, temo che i servi di Ussum il malvagio presto invaderanno il sistema protetto che nasconde Atlantia e i suoi misteri.

Per questo motivo capitano deve assolutamente organizzarsi e partire al più presto, ho gia inviato le coordinate al suo stato maggiore e ho bisogno di ogni vostra nave, è un ordine!”

“State tranquillo ambasciatore, affiancheremo la vostra armata, i miei piloti saranno la vostra punta di lancia, prima o poi doveva accadere.” Disse Rospo Stricher

“La ringrazio capitano, combatteremo insieme, fianco a fianco, in nome degli Antichi e del loro sacro ordine.”

“Cosi sia.” Disse Rospo Stricher
“Le presento i miei due vice, Roman della terra e Omar della terra.”

“Piacere di conoscervi terrestri, come siete arrivati qui e che fine ha fatto il vostro mondo se mi è lecito chiedere?”

“Oh, è una lunga storia capitano ma ne parleremo quando ci ritroveremo.

Ditemi capitano, quegli esseri a due teste che abbiamo visto, se posso esprimere un opinione ai nostri occhi sembrano esseri sottomessi, li usate come schiavi?” Rispose Omar

"No, la schiavitù non è ammessa dagli antichi, la loro triste mansietudine e solo la loro caratteristica, nonostante abbiano due teste che spesso non vanno d'accordo sono dotati di un piccolo cervello, sono come Ucculum (Mucca aliena) Svolgono compiti semplicissimi, gli abbiamo dato qualcosa da fare perche possano sentirsi utili altrimenti saltellerebbero in ogni dove come delle Gobles (Scimmia aliena) Li abbiamo salvati dalla loro estinzione, in più tengono lontano i Criniac (Insetti alieni) di cui si cibano."

"Non ho visto le vostre navi, dove le tenete?" Chiese Roman
"Gli hangar sono tutti sotterranei a causa del vento e della polvere che intaserebbe i motori dei nostri caccia, le nostre basi si estendono a dismisura sotto il livello del suolo in questo pianeta cavo, quando ci sarà tempo, modo e pace sarò ben lieto di accompagnarvi a vederle."

"Bene" Disse Leonard "Dobbiamo andare, non abbiamo più tempo, ci vedremo ad Atlantia capitano"
"Ci saremo." Rispose Rospo Stricher

(Ritorno a casa)

Il loro viaggio di ritorno durò 180 anni terrestri ma al loro rientro a Xedoria erano trascorsi poco più di due giri di luna (Due anni).

Il grande inverno era ormai alle porte e i nostri eroi si concessero il meritato riposo, quell'estate i raccolti erano stati generosi e abbondanti, la frutta e la verdura avevano un sapore squisito e la produzione della birra era andata a gonfie vele, ogni leonida ne andava matto, erano sempre di più un solo popolo.

Nessuno nella comunità aveva rinunciato a coltivare quella terra così generosa nei mesi estivi di Xedoria e Radura Fenice ora sembrava un piccolo paradiso, tutta la comunità si stava ambientando in quel pianeta misterioso che aveva un ciclo naturale cosi regolare, gli schiavi che i sei del consiglio avevano salvato e che agli inizi sembravano spersi in un sogno ad occhi aperti ora erano inriconoscibili ed estremamente riconoscenti, ora avevano una vita, avevano ritrovato la loro anima e la loro libertà, a breve sarebbe venuto il loro momento di unirsi mentalmente oltre che fisicamente alla comunità.

Alla fine del lungo inverno i nostri eroi tornarono alla loro vita e alla loro evoluzione, tutto sembrava andare bene, umani e leonidi sembrava che andassero d'amore e d'acordo ma la grande guerra era alle porte e i sette del consiglio ne discussero alla fine della festa della settima luna con il consiglio leonida, secondo gli umani sottovalutare questo imminente pericolo sarebbe stato uno sbaglio, i leonidi invece si affidavano ciecamente alla protezione degli Antichi.

"Dobbiamo discutere della possibilità di combattere, se anche solo una delle navi nere riuscisse ad oltrepassare il muro di fuoco degli Antichi e dei loro alleati potrebbe scaricare le sue bestie immonde su questo pianeta compromettendo il suo delicato ecosistema, se questo succedesse noi siamo armati solo delle nostre armi primitive e della nostra inteligenza e ambedue non servirebbero a fermarli" Disse Omar.

"Dici bene Omar della terra ma siamo sicuri che questo non avverrà, gli Antichi li fermeranno"
"Con tutto il rispetto Sion, ma se succedesse? Non pensate alle conseguenze di un loro sbarco?" Disse Emma

"Anche se dovesse succedere quello che dici cosa mai potremmo fare? Noi usiamo le spade e gli archi per difenderci insieme ai nostri artigli, armi primitive come dite voi, siamo consapevoli di non potere fermarli, ci abbiamo provato nel nostro mondo morente, milioni di fratelli hanno pagato con la loro vita la loro ribellione"

"Chiedo venia Sion e mi scuso se il mio discorso ti turba, è vero, voi non potete fermarli ma noi si, le cellule di questa città possono fornirci le armi neccessarie per combattere, certo, dovremo essere autorizzati e di questo proposito ne parlerò con l'ambasciatore ma se sarà possibile potremo insegnarvi ad usarle"

"Su questo mi trovi d'accordo Omar della terra, non è certo il coraggio che ci manca come sai, anche se noi siamo contrari al fuoco mi fido di voi e appoggerò le tue istanze quando incontrerò l'ambasciatore se mai vorrà un mio parere."

"Ti ringrazio Sion, ti assicuro che non fa piacere nemmeno a me parlare di armi e di guerra dopo anni di pace, fiducia e amore per questa terra e per il nostro popolo ora riunito ma dobbiamo anche essere pronti a difenderla, forse è prematuro parlarne ora ma in ogni modo dobbiamo essere pronti ad ogni eventualità.

Anche io ho estrema fiducia e gratitudine per gli Antichi e per ciò che hanno fatto per noi ma sulla terra abbiamo imparato a stare attenti ad ogni situazione, siamo sopravissuti solo grazie al nostro

istinto e il mio istinto mi sta mandando dei segnali di fumo, segnali
di pericolo." Disse Omar

"Leonard non ti darà il suo permesso" Disse Emma "Sai quanto sia
contrario all'introduzione di armi da fuoco qui a Xedoria"

"Vero, ma lo convinceremo del contrario, non voglio farmi
cogliere impreparato"

"Le vostre armi da fuoco funzioneranno? Nel caso fosse neccessario
usarle potremmo essere noi stessi a sconvolgere la vita qui a
Xedoria?" Chiese Sion

"Useremo armi mirate, lanciarazzi, lanciamissili, sulla terra
abbiamo affrontato una delle loro bestie e sappiamo come trattarle."

"Bene" Disse Sion "Proporrei di votare per la nostra difesa
volontaria nel caso che gli Antichi valutassero positivamente questa
vostra risposta armata, come sapete l'ultima parola spetta a loro e noi
leonidi seguiremo il loro volere nel bene e nel male come dice la
legge"

"Così sia" Disse Padre Amos "Il consiglio è chiuso."

(Leonard di Gaan, ambasciatore galattico supremo)

Alla fine della grande estate il consiglio dei sette si riunì per
affrontare Leonard, erano tutti d'accordo meno Padre Amos,
Leonard avrebbe dovuto poi intercedere con gli Antichi ma era un
discorso delicato.

"Apro ufficialmente questa riunione per la richiesta che
intendiamo formulare e a cui mi dichiaro contrario, Leonard, a te la
parola." Disse Padre Amos

"Sono già al corrente delle vostre sedute insieme al consiglio
leonida quindi andiamo al punto, capisco la vostra indole e la vostra
paura di perdere tutto ciò che vi siete guadagnati ma sono indeciso
sulle conseguenze di una tale decisione, la flotta di Draconian terzo
sarà qui a breve e la flotta di Rospo Stricher ci raggiungerà presto,
alzeremo un tale muro difensivo attraverso il quale non potrà passare
nulla."

"Ci hai raccontato poco sugli Oscuri, ci hai detto che Ussum,
Cripto e Astasius facevano parte del sacro consiglio" Disse Omar
"Ci puoi dire di più?" Disse Omar

"Così è, Ussum, Cripto e Astasius sono infidi traditori, capaci di
ogni nefandezza"

“Non pensi allora che dovremo avere il diritto di difenderci? Tu stesso ci hai riferito che gli Oscuri conoscono le tattiche che gli Antichi adottano in difesa di Atlantia e che sanno chi sono i loro alleati, non credi che possano tendergli una trappola? Magari aggirando le loro difese con uno stratagemma per colpire Xedoria…” Disse Emma

“Non hai tutti i torti Emma, tu sei una combattente esperta e sarei stolto se non considerassi la tua opinione che poi non è molto dissimile dalla mia, a questo proposito io, insieme ai caccia di Rospo Stricher pattuglierò i cieli di Xedoria per scongiurare questa evenienza ma l’uso delle armi da fuoco, specie l’uso di lanciamissili o lanciarazzi spaventerebbe molto il popolo leonida e potrebbe compromettere l’equilibrio di questo piccolo pianeta e delle specie protette che ci vivono ma affrontiamo un problema alla volta, sono consapevole che l’attacco degli oscuri potrebbe riservare delle sorprese.

Proverò a riproporre la vostra proposta al sacro consiglio ma come sapete le decisioni degli Antichi non sono discutibili e anche se la mia carica mi permette di avere delle voci in capitolo non sempre vengo ascoltato.”

(Atlantia)

L’immensa nave degli Antichi era ferma nell’ombra della grande luna di Xedoria, maestosa nella sua grandezza, in essa erano custoditi i segreti degli universi conosciuti.

Non era solo una nave ma un immensa città vagante che si sarebbe trasformata in un piccolo mondo.

Era in continua evoluzione, si espandeva ricostruendosi in maniera autonoma, continuamente, i motori che spingevano Atlantia erano pura follia per la comprensione umana delle possibilità della scienza e dell’ingegneria e i suoi armamenti difensivi erano molteplici.

Ussum, gran sacerdote degli Oscuri insieme a Cripto e Astasius conoscevano bene quella nave ed erano decisi a spodestare gli Antichi nella loro brama di potere galattico.

Nei millenni trascorsi a progettare la loro vendetta per essere stati esiliati avevano raccolto le bestie più immonde e gli esseri più pericolosi intrappolandoli in speciali gabbie riposte nelle loro enormi navi cargo, il loro esercito era composto da predoni, razziatori,

banditi, contrabbandieri, pirati galattici e mercenari alieni di ogni
tipo e razza.

Avevano inviato delle navi vedetta in ogni universo conosciuto
per scoprire l'ubicazione di Atlantia e finalmente l'avevano trovata.

La loro nave vedetta nascosta nell'ombra della grande luna aveva
fatto in tempo a comunicare la sua posizione agli Oscuri prima di
essere abbattuta e ora i tre consiglieri occulti erano riuniti nella sala
di comando della loro nave madre a pianificare l'attacco.

Sapevano perfettamente di essere attesi, gli alleati del sacro
consiglio avrebbero dato un appoggio decisivo alle difese di Atlantia
ma questa volta non li avrebbero fermati, avrebbero aggirato le loro
navi con una contro offensiva.

La loro colonia sarebbe caduta per prima mentre la gran parte della
loro flotta distraeva gli alleati, dopo di che avrebbero tirato fuori il
loro asso nella manica, una loro creazione che gli umani e gli
Antichi conoscevano bene, gli umani l'avevano combattuta sulla
terra e gli Antichi custodivano ancora la sua nidiata, le sue uova, la
sua stirpe.

Se fossero riusciti a penetrare le difese di Atlantia la nave di
Ussum avrebbe scaricato la loro ultima creatura su Atlantia,
decretandone la fine.

(L'ultima parola)

La grande estate e il grande inverno si alternavano regolari come
orologi svizzeri, la vita a Xedoria procedeva a pieno ritmo ma Omar
e Roman erano molto tesi.

Leonard gli aveva comunicato che a breve avrebbero avuto la
risposta alla loro domanda riguardo alle armi che giustamente il
consiglio umano aveva richiesto.

Leonard non pensava che gli Oscuri si sarebbero spinti a tanto ma
l'eventualità che una delle navi degli Oscuri fosse riuscita a
oltrepassare il loro schieramento preoccupava anche lui, era molto di
più di una probabilità, non sapevano ancora quante navi facessero
parte della flotta oscura.

Tre lune prima aveva esposto il problema degli umani a Petroniurs e lui lo aveva liquidato piuttosto sbrigativamente.

Leonard aveva soprasseduto ma era ritornato dagli Antichi nel giorno della settima luna per esercitare un po' di pressione sulla loro decisione, Emma gli aveva messo la pulce nell'orecchio e sentiva che non era il caso di evitarla.

Sapeva che gli Antichi erano contrari a qualsiasi arma di offesa ma Leonard non voleva rischiare la vita dei propri compagni di viaggio, amava quei sei umani che tanto le avevano insegnato.

La prima volta che era arrivato sulla terra Leonard non sapeva che cosa fossero i sentimenti ne che cosa significassero ma poi vivendo come un umano cominciò a capire la loro indole e cominciò anche lui a provare dei sentimenti nella sua anima aliena, stupendosi per il loro significato, per la forza e l'amore che contenevano, sentimenti che facevano affiorare musica e arte e risate, come fiori che sbocciano sotto il sole accarezzati dal vento.

"Pace Pretoriurs, mi inchino al tuo cospetto e chiedo scusa per la mia insistenza ma il problema posto dalla comunità umana aspetta una mia risposta, una mia autorizzazione.

Conosco come le mie tasche questi umani e garantisco personalmente per il loro operato."
"Leonard di Gaan, noi abbiamo riposto in te molta fiducia e siamo lieti della tua fedeltà, sappiamo quanto ti senti responsabile della comunità umana a cui tieni particolarmente, li proteggeremo come abbiamo già fatto con molte altre razze inteligenti ma non intendiamo consentire l'uso di armi da fuoco nella nostra colonia.

Capiamo le loro paure e conosciamo il loro coraggio ma devi cercare di tranquillizzarli, quando gli Oscuri arriveranno i nostri alleati si schiereranno in difesa di Atlantia e di conseguenza della colonia, a questo proposito a breve ci riuniremo in consiglio e discuteremo anche un piano per la sua difesa.

Ti preannuncio che tu e la tua nave resterete di pattuglia in difesa di Xedoria affiancati dalla flotta di Rospo Stricher perchè non escludiamo che gli Oscuri possano trovare il modo di aggirare le nostre difese come da tuo consiglio.

Ci sono giunte voci che parlano di un immensa flotta, voci sicure che ci hanno messo in guarda della proporzione e della distruzione che potrebbero causare, riferisci ai loro due consigli di ascoltare i nostri ordini.

Riunisci il popolo di Xedoria all'interno della città e digli di non temere, la Città Eterna ha le sue
difese e li proteggerà.
Ora vai, il nostro destino si deciderà fra qualche luna e noi abbiamo molte cose da sistemare come tu sai."
"Io e la mia nave saremo al vostro fianco ed eseguiremo il vostro ordine, come sempre, pace consiglieri."
"Pace Leonard di Gaan." Risposero in coro gli Antichi.

(La grande guerra)

La grande porta di accesso alla Città Magica fù chiusa e il popolo di Xedoria si riunì al suo interno in attesa come Leonard aveva ordinato.
Era piena estate e l'aria era soffocante, tutti parlavano di quello che sarebbe successo a breve, i due consigli di Xedoria aspettavano di riunirsi per discutere e ascoltare da Leonard i loro piani di difesa.
Due lune dopo si tenne la più grande riunione cosmica di tutti gli universi conosciuti, una riunione che coinvolse un insieme di mondi e di colonie dove tutto fu deciso.
Gli Oscuri erano una minaccia per ogni essere vivente e questa loro insistenza e sfrontatezza nel abusare di leggi divine fu condannata da ogni sottoposto degli Antichi, da ogni ambasciatore cosmico e da ogni potere galattico alieno.
A quel punto molti altri eserciti provenienti dalle colonie più avvanzate raggiunsero Atlantia ponendosi a sua difesa.
Tre lune dopo la sirena della Città Eterna fece risentire la sua macabra voce e con loro grande sorpresa dai tre lati di quella misteriosa città si ersero le sue tre torrette di difesa.
Enormi e futuristici cannoni antiaerei si attivarono a difesa delle sue mura.

Non era successo nulla del genere la prima volta che quella sirena si era attivata, le sue torrette di difesa furono decisamente una sorpresa per tutti.

Gli Oscuri arrivarono oscurando lo spazio intorno al pianeta, enormi navi nere e silenziose con il loro carico di morte e la grande guerra ebbe inizio.

La flotta Oscura impegnò ogni nave alleata contro i caccia della flotta stellare di Draconian terzo mentre le loro navi più grandi si aprivano un varco nelle difese di Atlantia a protezione delle tre navi madre di Ussum, Cripto e Astasius che ora si facevano largo per arrivargli vicino e scaricare la loro arma segreta sulla sua schiena.

Nel mentre le navi cargo degli Oscuri apparvero nella faccia nascosta della grande luna cercando un approdo per atterrare e liberare i mangiaterra e non solo, sul pianeta Exsodum nel sistema stellare di Octometris avevano catturato delle altre creature orribili, somiglianti a ragni corazzati, veloci, letali e indistruttibili che ora ubbidivano al loro volere dopo le verifiche atroci che avevano subito.

Negli anni trascorsi a covare rancore avevano studiato e specializzato le loro tecniche di controllo mentale su ogni essere raccolto nei vari mondi resi sterili dal loro arrivo, terre morte che si sarebbero trasformate in comete di proporzioni gigantesche.

Gli Oscuri avevano costruito un esercitò che aveva un solo compito, trovare l'oro per alimentare i loro mostruosi motori e distruggere la vita del pianeta che sceglievano di visitare spogliandolo di ogni risorsa.

Rospo Stricher con i suoi caccia e Leonard con la sua Rosalin si erano staccati dalla flotta imperiale e ora attendevano fermi nei cieli a sud ovest e a sud est di Xedoria, lontani dalla portata della contraerea della Città Eterna.

All'improvviso Rospo Stricher intercettò la navi nere e diede l'allarme, Rosalin si mise a capo dei caccia e ordinò una formazione a punta di lancia nel tentativo di rompere la formazione oscura e dividerli, dovevano abbattere quelle navi prima che potessero atterrare o cadere su Xedoria causando la sua distruzione.

Quando però la luce della grande luna le illuminò, Leonard e Rospo Stricher si accorsero che sarebbe stata una dura battaglia, erano centinaia.

Ussum Cripto e Astasius osservavano la grande guerra seduti nei loro scranni, impassibili e fermi come statue, ognuno dei tre preso a comunicare mentalmente le strategie neccessarie ai propri combattenti mentre le loro enormi navi mietevano morte.

Ussum comandava l'attacco ad Atlantia, Cripto comandava le grandi navi da guerra e Astasius si occupava delle navi cargo con il loro contenuto orribile.

Rosalin e i caccia di Rospo Stricher si buttarono come falchi sulle navi nere e piombarono sulla formazione oscura disperdendola, la punta di freccia formata dai caccia con Rosalin in testa roteava con le armi subatomiche che ruggivano a pieno regime.

Al momento dell'impatto Rosalin disse: "Vediamo se mi digeriscono!"

Al primo passaggio ebbero l'effetto sorpresa dalla loro e una volta usciti dalla formazione oscura si divisero a raggiera e attaccarono nuovamente dall'esterno le navi danneggiate eliminandone una buona parte ma si resero subito conto che non avrebbero potuto fermarle tutte.

Leonard era in contatto telepatico con Pretoriurs, Atlantia stava resistendo, la battaglia nello spazio si stava evolvendo a loro favore.

Quando Rosalin comunicò le basse percentuali di sopravvivenza che restavano alla flotta di Rospo Stricher Leonard chiese rinforzi a pretoriurs ma si sentì negare il loro aiuto, Atlantia era primaria e doveva sopravvivere ad ogni costo.

Pretoriurs gli ordinò di ritirarsi e di raggiungere la flotta imperiale di Atlantia e porsi alla sua difesa.

"Ma così perderemo Xedoria, non possiamo abbandonare gli umani e i leonidi a questo crudele destino, non posso abbandonare così i miei amici"

"Osi discutere il mio ordine?" Disse Pretoriurs

"Non voglio mancarti di rispetto ma che ne sarà di Xedoria?"

"Come ti ho già detto la città li proteggerà e ora fate ciò che vi ho detto o lo stormo di Rospo Stricher sarà annientato, comunicami il vostro arrivo e fate presto."

"Sono Leonard di Gaan, a tutti i piloti, dobbiamo abbandonare la lotta per ordine degli Antichi, ci riuniremo alla flotta stellare in difesa di Atlantia"

"Ricevuto" Disse Rospo Stricher

La flotta virò come uno stormo di rondini e i caccia rimasti si accodarono a Rosalin uscendo dalla lotta a velocità ipersonica, le navi nere procedettero verso la terra ferma lontana dalla città e atterrarono a a terra di mezzo, Xedoria; liberando le loro bestie mostruose.

(Ultima difesa, nuova sorpresa)

Tutta la comunità era chiusa nelle loro celle, il brusio nella loro testa era come una specie di emicrania, ogni loro pensiero e sentimento si mischiava telepaticamente in un coro di preoccupazione e di paura.

I leonidi invece erano rintanati nel loro palazzo credendo fermamente nell'idea che gli Antichi non li avrebbero abbandonati, attendevano la loro sorte consolandosi, leccandosi, di nuovo tristi, consapevoli di essere in mano ad un destino che non avrebbero potuto evitare.

Quando sentirono i cannoni delle torrette attivarsi capirono tutti che era il momento di sperare con forza e con coraggio nelle loro convinzioni.

I sei del consiglio si sentivano impotenti, sarebbero stati senza dubbio più tranquilli con un Bazooka nelle mani.

I cannoni antiaerei della città Eterna cominciarano a sparare incessantemente sulle navi nere e molte di quelle navi caddero colpite dal loro fuoco incrociato ma questo non bastò a fermare lo sbarco dei mangiaterra che avvanzavano uscendo e rientrando nella terra come delfini nel mare, non bastò a respingere quei ragni enormi e folli che attaccavano qualunque cosa si muovesse.

Ogni loro colpo faceva tremare la terra e il popolo di Xedoria cominciò ad avere paura.

All'improvviso i colpi cessarono e una grande cupola trasparente avvolse la Città magica poi la terra cominciò a tremare come in un terremoto di magnitudo elevato.

Quelle bestie immonde avevano raggiunto le mura quando la Città Magica cominciò a sollevarsi dalle sue fondamenta per librarsi in quel cielo carico di pioggia che sembrava volesse piangere.

Allora gli umani capirono il motivo di quelle celle e del loro utilizzo, la Città Magica era in realtà un immensa e stupenda astronave galattica e mentre la battaglia infuriava sopra e sotto di loro la Città Magica si allontanò nello spazio profondo come un palloncino nel cielo, poi scomparve.

(Finale)

Atlantia alla fine sopravisse, gli Oscuri persero la loro supremazia e si videro costretti a ripiegare ma non prima di avere distrutto Xedoria lasciandola senza vita, spezzata.
Ci furono migliaia di morti fra gli eroici piloti della flotta imperiale e degli alleati ma ne era valsa la pena, la grande arca dello spazio non subì nessun danno grazie anche allo scudo galattico che l'aveva avvolta dall'inizio della grande guerra.
Leonard insieme a Rosalin vagò in ogni universo nel tempo e nello spazio conosciuto cercando la Città Eterna, cercando i suoi amici, Leonard di Gaan, l'immortale; li avrebbe ritrovati…

(Un saluto tenebroso miei cari compagni di viaggio, alla prossima storia…)
(P.S. Gli alieni esistono…non crederete certo di essere gli unici esseri viventi nell'universo no?)

(Questo e un romanzo di pura fantasia, ogni riferimento a cose e persone e puramente casuale)

(Dedicato alla mia fedele e dolcissima compagna di vita senza il quale questo libro non sarebbe mai nato.)

(Nota dell'autore)

La libertà dell'essere umano è nella consapevolezza che le proprie azioni compiute
in vita determineranno la sopravvivenza della propria stirpe, dei propri figli, in questo
mondo malato di odio, di rabbia, bramoso di potere, assolutamente insensibile alla vita
altrui, mi chiedo quale mai possa essere il loro futuro, il malessere generale dei popoli
del mondo crescerà a dismisura se le politiche globali non metteranno coscienza nelle
loro importanti decisioni, quello che io ho fatto è stato solamente esagerare una

situazione di degenerazione mondiale che è già in corso e che ci porterà

all'annientamento se non ci fermeremo, riflettete miei cari lettori, per farvi un

esempio e aiutarvi a riflettere vi do qualche dato vero (Verificare per credere).

 Nel 1980 la terra era abitata da 4,5 miliardi di persone, al primo gennaio del 2018

eravamo 7 miliardi di persone, attualmente siamo 7,5 miliardi, nel 2100 le stime sono

di 11,2 miliardi…

Le grandi emergenze ambientali sono legate al problema della sovrappopolazione

mondiale, se il numero della popolazione continuasse a salire il nostro pianeta non

sarebbe più in grado di sopportare una tale quantità di esseri umani.

La popolazione mondiale consuma le sue intere disponibilità annuali in poco meno di

sei mesi, senza contare gli effetti sull'ambiente, a causa dei cambiamenti climatici e dei

fenomeni ad essi collegati attualmente ogni anno muoiono circa trecentomila persone e

sono tutti imputabili all'uomo così come l'aumento delle temperature e stato causato

dall'abuso dei combustibili fossili, petrolio, carbone e metano.

Vogliamo poi parlare di deforestazione indiscriminata? Attualmente il livello di

anidride carbonica presente nell'atmosfera ha superato le 400 parti per milione, un

record che non avveniva da almeno tre milioni di anni, entro il 2050 se noi umani

continueremo di questo passo non basteranno due pianeti come il nostro per soddisfare

il fabbisogno alimentare mondiale.

Nell'oceano pacifico, ora e non nel futuro, c'è un'enorme isola chiamata "Isola di

plastica" estesa per 1,6 kilometri quadri, ossia tre volte l'estensione della francia, una

massa di 1,8 trillioni di rifiuti pesanti complessivamente 80 mila tonnellate
ammucchiata lì dalle correnti che si incontrano fra la California e l'isola di Haiti e non
è l'unica.
C'è da rifletterci no?

Siate uomini liberi di pensiero, cercate nel vostro piccolo di voler bene a questa terra
perche è l'unica che avete, siate uomini di Dio.

David

Ovort.